尺寸

千里远景，如在尺寸之间。

搜神札记

念远怀人 著

中国工人出版社

序一

小树

有时很难说清楚，编辑约稿为什么总从身边的朋友开始，或者说，如果身边的朋友很能写，你说不定可以做个不错的编辑。我个人比较相信后面这种。大概在十年前，我刚到北京，在《时尚先生》杂志做编辑。得知自己要弄一个专栏后，我的第一反应是，要把身边的几位老哥安排上。他们都很能写，也很好笑，其中一位就是念远怀人，我们叫他祥子。

祥子在我心中，一直是亦师亦友的存在。我记得刚工作的时候，这个名字总被身边的人提起，那时就传闻他因为过于能干，一直在忙着各种创刊。后来真正结识，我发现他和我想象的不太一样，他的行为举止和年龄似乎不太符合，比如，他很能熬夜，就像那时的我一样。他在长相上也很“冻龄”，看着不知深浅，也很爱玩，完全没有年纪大的男人爱输出教诲的毛病。他家总是堆满了书，因为他需要大剂量地摄取书籍，他也不挑，基本上什么书都看。有段时间他还沉迷网络小说，后来因此正式出道，写了玄幻大作《三十六骑》。

所以，祥子写的这些鬼怪专栏，尽管看着旁征博引，但总有一种信手拈来不怎么费劲的感觉。我们也许都知道九尾狐狸，但只有个大概印象，比如它很有魅力，偶尔会施展点法术让男人倒霉，但它的具体出处是什么，以及这些典故是如何演绎的，其实是完全不知道的。还有精卫填海，它为什么这么生气？凤凰浴火重生，这个梗居然这么现代……每个截稿日，当我在电脑上打开祥子的邮件时，我都有一种心旷神怡的满足感，我觉得这些东西有意思极了。尽管那时我们几乎每周都在一起打牌，而且牌技难分伯仲，但我知道，这些专栏的背后，是一个渊博，有趣，且颇具耐心的祥子，一个不太一样的祥子。

十年前还是杂志比较有意思的年代，那时能成为这些文章的编辑，我感到很荣幸。就个人来说，这本书并不是过去有趣的专栏内容的重新集结，它是一段充满友谊和欢乐的时光的召回，而且我知道，它已经一去不返了。

序二

刘铮

初民当草昧之时，逢风雷之变，罹水火之灾，观荧惑蚀陨之象，欲推究其原，而其演绎归纳之法未能尽合于物理，遂归为妖异。妖云妄雾，斑驳陆离，愈出愈奇。然万物之本原、死生之道理、福祸吉凶之法则，天灾地变之缘由，固借此得一合理化之解释。章实斋曰：人心营构之象，亦出天地自然之象，此之谓也。

圣人以神道设教，明命鬼神，百众以畏，万民以服。神话以“宇宙秩序”（cosmic order）加诸人世，神祇、英雄、宗祧之所为，俱成轨范。宗教学者米尔恰·伊利亚德（Mircea Eliade）且谓，神话之于人，非以囿之，而实廓之。示以典则，则知往行，祛疑释虑，胆气益壮。开辟榛莽而无怯馁，发棹海行而不夷犹，以有神话时代之英雄为垂法也。神话流布，天地间之奇勋伟绩不绝于口耳，无异提撕子孙感奋兴起，追迹先代之隆。故伊利亚德以为，神话之可贵，在能振拔人也（myth “elevates” man）。

吾友黄学祥（念远怀人），夙好神话之学，《山海经》《金枝》并读，兼中西而泯畛域。十年前偶应杂志之请，千字为限，以论神怪。其文赡博精致，杂以诙谐，虽其绪余而已，而有“比较神话学”之隐志。后续成十数篇，成《搜神札记》一集，近将梓行，远道问序于余。余向尊仲尼之教，敬鬼神而远之，未尝一窥神话学之堂奥。设余生十八世纪之法国，当为伏尔泰之生徒，非宗教而以理智清明为尚也。然则余何以序学祥之书？

窃唯学祥之论神怪，非以迂怪诡异之辞愚蚩蚩者也。苏格拉底借神话以示哲理，理智一何清明、态度一何宽缓。《搜神札记》不涉狐鬼果报，而其“测鬼神之情状，发人间之幽微”，去《阅微》不远。学祥殆为柏拉图、纪昀之生徒乎？余居近市廛，读其文，辄有翛然物外之思。伊利亚德“振拔人”之说，信未妄也。余因乐为学祥序。

庚子十一月于广州

目录

CONTENTS

神

003　凤凰：一则现代神话

019　白虎：杀伐之神，啸则风兴

033　玄武：龟蛇二虫共为玄武

047　西王母：母系社会与上古女神

063　精卫：归于太阳的鸟图腾

灵

077　独角兽：断是非，辨忠奸，识黑白

091 飞廉：善走，形如疾风

107 河伯：美人鱼传说

119 九尾狐：德至鸟兽，则狐九尾

133 美女蛇：从魅惑蛇妖到爱情女神

凶

147 巨人：幻化的创世传说

163 九首：凶与不祥

179 旱魃：若烧之，可致雨

195 饕餮：聚敛积实，不知纪极

209 梼杌：一名傲狠，一名难训

神

凤凰　一则现代神话

画家黄永玉善作壁画，画了一幅《凤凰涅槃》后，总要题词勒铭，才发现找不到出处，据说翻了词源、辞海、佛经……不一而足，也没发现关于凤凰涅槃的说法，就打电话去请教博学的钱锺书先生，钱锺书在电话那头说:“这算什么根据？是郭沫若1921年自己编出来的一首诗的题目。三教九流之外的发明，你哪里找去？凤凰跳进火里再生的故事那是有的，古罗马钱币上有过浮雕纹样，也不是罗马的发明，可能是从希腊传过去的故事，说不定和埃及、中国都有点关系……这样吧！你去翻一翻大英百科……啊！不！你去翻翻中文本的《简明不列颠百科全书》，在第三本里可以找得到。”黄永玉很快就翻到了。[1]

这是黄永玉凭吊钱锺书时写下的逸事，彰显了钱锺书的渊博，也说明“凤凰涅槃”“浴火凤凰”这样的常见语，原来也就发明了不过一百年。

发明者是郭沫若。那时正是1920年（钱锺书记成

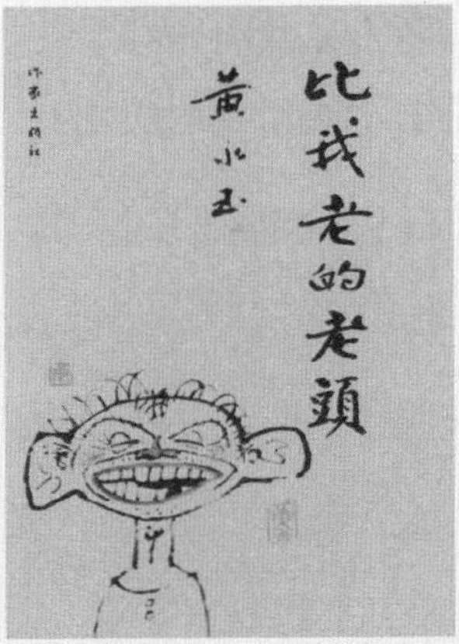

◀《比我老的老头》书影，黄永玉著

①黄永玉与郭沫若

黄永玉是个妙老头，爱画凤凰也不奇怪，因为他是凤凰人。

湖南凤凰古镇是沈从文的故乡，而黄永玉正是沈从文的表侄。黄永玉找不到“凤凰涅槃”的出处，请教大学问家钱锺书的事迹，记在了他写的《北向之痛——悼念钱锺书先生》一文中。此文多次选入中学教材，也造成了争论，说是颇显出对郭沫若的不敬来。

说起来黄永玉的确不会对郭沫若有好感。表叔沈从文在新中国成立后不能从事文学创作，多与郭沫若的点名批判有关。

郭沫若久居庙堂，被时代和自身异化，遮蔽了他本该有的学界面目。他的阶级史观、封建分期论或已不再被讨论，但在甲骨文学的地位依旧不可撼动。研究古文字卓然大家者，如王国维、郭沫若、陈梦家等，都是诗人，可见语言是一个需要感受力和想象力的领域。

1921年，是此诗收入诗集《女神》的出版时间）的春天，郭沫若28岁，还在日本留学，课间诗情来袭，援笔匆匆挥写，不知是寒冷，还是兴奋，全身都在打战，396行的诗篇，只“用了一个钟头，就脱稿了”。

《凤凰涅槃》暴风骤雨般的节奏，震撼了当时的文坛，郭沫若以后的诗作（极坏的颂歌就不算了），几乎都没能超越。

《凤凰涅槃》有段楔子——

天方国古有神鸟名“菲尼克司”（Phoenix），满五百岁后，集香木自焚，复从死灰中更生，鲜美异常，不再死。按此鸟殆即中国所谓凤凰：雄为凤，雌为凰。《孔演图》云：“凤凰火精，生丹穴。”《广雅》云：“凤凰……雄鸣曰即即，雌鸣曰足足。”

郭沫若将天方国[2]的不死鸟菲尼克斯与凤凰等同，又把火中复活“译”为佛教术语“涅槃”，于是一个新词组

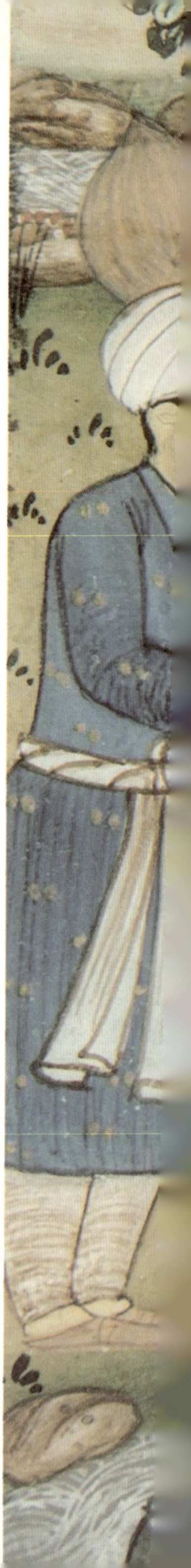

《天方夜谭》的细密画 ▶

②天方国

天方国就是指阿拉伯。

天方原指麦加。相传，伊卜拉欣（亚布拉罕）和他的儿子为表示对安拉的崇敬，在麦加建造了一座方形庙宇，就是今天的麦加克尔白圣殿。这座庙宇当时称作“神的住处”。后来又称为“克尔白”，即方形石屋之意。

中国古代称“克尔白”为“天房”或“天方”,把阿拉伯地区称为天方国，所以，会把阿拉伯文学故事集《一千零一夜》译为《天方夜谭》。但郭沫若有误，神鸟菲尼克斯并不源自天方国。阿拉伯传说的不死神鸟有自己的名字，叫安卡（Anka），体形巨大，足以载动一头大象，最初被认为神的造物,但在后来演变为一种邪恶生物，捕食所有的生命，于是犹太教徒们大肆猎杀，使这种巨鸟最终灭绝。

“凤凰涅槃”诞生了。

郭沫若后来在文化界的地位，仅次于鲁迅，所造的新掌故自然传播无碍，被反复征引，并被收入成语辞典。

大儒钱锺书当然可以嘲笑郭沫若“三教九流之外的发明”，但将浴火重生的不死鸟译成凤凰，还是有些理路可寻的。

凤凰本来和火无关。《山海经·南山经》里说：“有鸟焉，其状如鸡，五采而文，名曰凤皇。”只是一种罕见的五彩鸟，可作为祥瑞。所以后来的学者一直争执凤凰的原型到底是锦鸡还是孔雀。③

但凤凰的形象逐渐和朱雀相互融合后,就和火贴近了。

朱雀的来头要大许多。朱雀最早的记载可以追溯到甲骨文之上，与青龙、白虎、玄武并称四方神，也是星宿崇拜以及火崇拜的高神，可以引导死者灵魂升天。有神话学者说，凤凰不过是朱雀的下属，甚至是衍生物。④

后来民间龙凤并称，凤凰也被说是火精，连凤凰发源的丹穴之山，也被解释为活火山了。

再说“涅槃”⑤一词，几乎是火的反向，是熄灭或寂

▲ 红腹锦鸡与民间绘画中的凤凰几无二致

▲ 产自中国的绿孔雀

③何为凤凰

《山海经》中记载的凤凰是很自然主义的——“有鸟焉，其状如鸡，五采而文，名曰凤皇”。还有一句“凤皇、鸾鸟皆戴瞂”，就是指带有好看的鸟冠。怎么看都像锦鸡。

《尔雅·释鸟》中的“鸡头、蛇颈、燕颔、龟背、鱼尾、五彩色，其高六尺许”，看着像一只大鸟，似乎只有大尾的孔雀才能长六尺吧。

两种描述都突出了颜色，说五彩（红黄蓝白黑）俱全，那么孔雀中无论蓝孔雀或绿孔雀都很难满足，少了些中国人喜爱的明艳的大红。《永乐大典》云：“太史令蔡衡曰：凡像凤者有五色，多赤者凤，多青者鸾，多黄者鹓鸰，多紫者鹙鹭，多白者鸿鹄。”可见凤凰身上赤红不少。

如此说来，产自中国的红腹锦鸡应该是最像凤凰原型的。

▲ 传统的凤凰刺绣纹样

④朱雀生凤凰

朱雀的最初起源，以文物考察的话，在殷商早期的甲骨文上已有朱雀等四象的形象产生。最早的记载见于殷墟出土的甲骨文“丁巳卜，贞帝朱鸟，三羊三豚三犬”，意为于丁巳日占卜，要求帝王祭祀朱鸟，献祭三头羊三头猪三条狗。

西周早期也有记载朱雀形象的文物出土，但当时只有苍龙、白虎、朱雀、神鹿四象，如今熟知的四象中“玄武”一象还未成形。

汉代《论衡》中又有记载，“东方木也，其星苍龙也。西方金也，其星白虎也。南方火也，其星朱鸟也。 北方水也，其星玄武也。四星之精，降生四兽，含血之虫以四兽为长”。

所谓四星就是青龙、白虎、朱雀、玄武这四位天之四灵，降生了龙、麟、凤、龟这四兽。

古籍《类经》记载:“毛虫三百六十，麟为之长; 羽虫三百六十，凤为之长; 介虫三百六十，龟为之长；鳞虫三百六十，龙为之长。”毛、羽、鳞、介四虫，即《论衡》所谓“含血之虫”。

四灵与四兽对应，可知青龙降生龙，白虎降生麒麟，朱雀降生凤，玄武降生龟。由“降”字可见，朱雀的神格与地位远高于百鸟之王的凤凰。

⑤涅槃

梵文 Nirvana(涅槃)的原意是“被吹去、被消去”，好像一盏油灯的“油”，烧尽后，灯火便也熄灭、消失了。汉语旧译“泥亘”“泥洹”，意译“灭”“灭度”“寂灭” 等，是佛教全部修习所要达到的最高理想，一般指完全终止了生死轮回后的不生不灭的境界。所以玄奘将其译为“圆寂”，就是圆满完全的寂灭。

将佛教修行人的死，美称为涅槃或圆寂后，才让这个终极词义跌落下来，变得热闹非凡，甚至赋予相反的意思，比如重生。

灭的意思。佛家可不会赞美重生，涅槃就是终止了轮回重生。只是佛教徒后来将和尚的死都美称为“涅槃”，而佛教推崇火葬，火葬仪式往往被叫作“火中涅槃”……

如此，在火的勾连下，“凤凰涅槃”的诞生水到渠成。

且说说真正浴火重生的不死鸟原型——菲尼克斯。诚如钱锺书先生所讲，菲尼克斯的传说可能出自埃及，再流向希腊的。现代学者更倾向于两河流域才是不死鸟的家乡。最早详细描述不死鸟的人是希腊历史学家希罗多德，他说：“我并没有亲眼见过它，只是在绘画中见过，它的羽毛一部分是金黄色的，一部分是鲜红色的，外形像一只巨鹰，而且还拥有美丽的歌喉。”公元前后的罗马诗人奥维德[6]说得更细，极具诗意：“大部分怪物都是由其他生物衍生而来的，只有一种例外，它们可以再生，亚述人称之为不死鸟（Phoenix）[7]。不死鸟并非靠花草果实维生，而是以乳香为食，在降生五百年后它会落在棕榈树顶端的橡木枝上为自己搭建一个巢，然后出外收集肉桂、甘松和没药等香料，衔入巢内，垫在自己的身下，当它呼出最后一口气后会悄然死去，此时从它的身体里将飞出一只

奥维德像 ▶

⑥奥维德

奥维德（Publius Ovidius Naso），公元前后的古罗马诗人，与贺拉斯和维吉尔齐名。写过著名的《爱经》，而公元 7 年完成的《变形记》（*Metamorphoses*），代表了奥维德的最高水平。全诗共 15 卷，包括约 250 个神话故事，从创世写到恺撒之死，奥古斯都继位。全书分为创世故事（讲宇宙的创立及黄金、白银、青铜、黑铁四个时代）、神话英雄故事和历史故事。每一个故事都生动有趣，穿插巧妙，而所有故事都始终围绕“变形”的主题，比如法厄同的姊妹们变成白杨树、库克努斯变成天鹅、阿波罗追求的达芙妮变成月桂树……以阐明“世界一切事物都在变易中形成”的哲理。

中世纪时代，奥维德地位越来越高。12 世纪被誉为“奥维德时代”。而《变形记》被称为“诗人的圣经”。

TITIANVS.F.

◀ 提香，《诱拐欧罗巴》（1559年）。
宙斯变成公牛劫走了腓尼基公主欧罗巴。
提香创作这幅画的灵感直接来自于奥维德《变形记》的激发。

新的不死鸟，同样拥有五百年的生命。等这只不死鸟长大到有足够的力量时，就会把父母的巢从树上升起，衔往埃及的赫利奥波利斯城，放在太阳庙里。这个巢是它的摇篮，同时也是它父母的坟墓。”

神话学里的概念会繁殖，比如朱雀衍生出了凤凰，但也会相互吞噬，比如朱雀与凤凰的形象逐渐合一，甚至还借郭沫若之笔吞噬了西方的不死鸟。这一切都变得不可阻挡，如今美国亚利桑那州的菲尼克斯市，已被中国人叫成凤凰城；《哈利波特》中的“ The Order of the Phoenix”不是被译作“凤凰社”了吗。

▲ *18世纪书籍插画中的菲尼克斯*

⑦不死鸟

不死鸟的记载源自亚述人，不过在世界各地都有类似的神话，欧洲的菲尼克斯、俄罗斯的火鸟（Firebird）、埃及的太阳鸟（Benu）、美洲的叶尔（Yel）和阿拉伯的安卡（Anka）等，所有这些鸟都有死而复生的特点（寿命分别为500年、540年、1000年、1461年、1700年和12994年不一），而且同太阳有着密切的关系。

由意大利传教士艾儒略于明朝天启三年（1623年）编译的《职方外纪》一书中第一次以中文介绍了不死鸟："传闻有鸟，名弗尼思（Phoenix），其寿四五百岁，自觉将终，则聚干香木一堆，立其上。待天甚热，摇尾燃火自焚矣。骨肉遗灰，变成一虫，虫又变为鸟。故天下止有一鸟而已。"明代方以智《物理小识》引述："度尔格国鸟，名弗尼思，寿四五百岁，将终，聚香木发火自焚。灰变虫，虫又变鸟。"

几乎同时，在欧洲出版了恶魔学的一本重要文献《所罗门之钥》（*Lemegeton*）。说圣经里以色列伟大的贤王所罗门（公元前961—前922年在位），也是一名优秀的恶魔召唤师。所罗门王得到了指挥地狱恶魔的力量，驱使它们为自己服务。被驱使的恶魔是七十二名地狱的贵族，被称为"所罗门之英灵"，又叫七十二柱魔神。所罗门把它们封在瓶中，有用时才召唤出来。但是，所罗门死后，巴比伦人入侵，看到封印恶魔的瓶子，以为是宝物，便打开了瓶子，这些大魔被放入人间。

不死鸟菲尼克斯正是所罗门七十二柱魔神中的第37位魔神，其声似顽童，也可变为人形，据说天性善良温和，是一名诗人。

白虎　杀伐之神，啸则风兴

古人认为老虎不是野兽，而是鬼神。

同样被喻为百兽之王，狮子群居在广袤的草原和平原上，生活习性一览无遗。老虎则相反，在黑暗中潜行，华丽的外衣是如此的鲜明生动，在光影斑驳的森林里却遁于无形，犹如幽灵。①

所谓十二生肖，就是仙人召集了十二种动物来开会，虎是第三个到达，于是负责管辖清晨 3 点到 5 点那个神秘的时辰——此时月光笼罩大地，阴气遍及万物，正是百鬼聚会的好时光。②

老虎的威权足以震慑这些夜行的妖魔鬼怪。中国民间的布老虎玩具，往往放在幼儿枕边，据说可以保证小孩夜里睡觉不受惊吓，阻止鬼怪入梦。而传说中的门神（神荼、郁垒）捉到鬼后，也要将鬼喂老虎吃。③

老虎自己也很调皮，跟鬼混腻了，会潜伏到人类之中。《广异记》中记载：唐开元年间，有老虎娶人类的女子为妻，

①美与危险

对于西方世界来说，虎是个真正的舶来品。据普林尼记载，公元前 11 年虎才第一次在西方露面，地点是古罗马的马塞勒斯神庙。这头老虎很可能是某位印度王公送给奥古斯都大帝的礼物。

西方描绘老虎最负盛名的名句，出于梦想家布莱克的《老虎》：“老虎！老虎！黑夜的森林中，燃烧着的煌煌的火光。”布莱克的老虎意象给人一种威慑力的美，含有一股令人恐惧的破坏力和自然的暴力，富有深刻的象征意义。而波德莱尔喜欢把女人看作美和肉欲混合的老虎，在《首饰》这首曾被作为禁品而删除的诗中，波德莱尔说：

她像一只驯服的老虎盯住我，
茫然而神情恍惚地变换着姿势，
那种淫荡和天真无邪的混合，
给她的变异又添了奇异的疼痛。

这就是文学中老虎的极致：美和危险是相互对峙的孪生兄弟，奇妙地合于老虎的身上。

▲ *没有哪个明星如梦露这般成为符号*

②虎生肖

中国的占星家和算命师们相信：对个人来说，主管出生年份和时辰的生肖都会“根植于心”，影响着人的性格和命运。开创千古帝业的秦始皇就生于虎年，他将虎的雄性气概和国家军事力量合而为一。而美国的超级性感偶像玛丽莲·梦露也生于虎年，她将雌虎的神秘晦暗、

美丽妖娆的气质，发挥得淋漓尽致。

虎年出生的世界名人还能排出许多：穆罕默德、伊凡雷帝、路易十四、贝多芬、马克思……

③虎与巫术

古人常借虎的形象表示权威和力量。

在殷商青铜器和玉饰上，虎形是重要的图案，而战国时则常以虎符为兵权的象征。正因如此，虎在中国文化中是作为一种威慑力量世代相传，许多民俗中，虎成为人类的保护神。传说中的门神（神荼，郁垒）捉到鬼后，也要将鬼喂老虎，后来干脆画虎于门，以为神佑。《酉阳杂俎》曰：“俗好于门上画虎头，书‘聻’字，谓阴司鬼名，可息疟疠也。”这便是以虎头之形为防鬼之门神了。明十三陵定陵石刻武官的腹甲上有大型虎头装饰，亦含有巫术的意味。

◀ *老虎在较早的西方艺术中，只有替酒神拉车时才会露脸，在法尔内塞宫的回廊天花上壁画里，为酒神拉车的老虎体形像猫。或许是当时的画家卡拉奇没见过真虎，以猫当的模板。*

在深山中结庐两年，妇人都没有发觉，有一天忽有两个客人携酒而至，便在家里宴饮。至深夜，妇人夜起，见桌前醉倒着三只老虎，心中惊骇，却不敢言。妇人最初不敢逃走，后来跟丈夫说，很思念父母，想回娘家。过几日，丈夫担着些酒肉与妇人偕行，渐到妻家，遇到一条河，妇人先涉水过去，丈夫刚卷起衣袍入水，妇人在岸上笑，说老公啊，你背后怎么伸出一条虎尾巴啊？丈夫大惊，跳起回首，安有尾在？转念知道行藏已露，“大惭，疾驰不返”。

《搜神记》里有一条：长沙有山民用机关笼子捕猎，一天发现当地的公安局长（亭长）被罩在笼子里。惊问其故，局长大骂，说我昨天被县长大人急召，抄近道，结果就中了你们的埋伏。山民赶忙放开笼子，公安局长瞬时化作老虎，跳跃而去。

老虎管辖的不只是午夜的两个小时。中国古代有四方神，即东方青龙，西方白虎，南方朱雀，北方玄武。中国人相信一头虎在500年后将变得雪白，然后还能再活1000年，当它死时，它的灵魂将会在死前“凝固的一瞥”中像烛泪一样凝结，成为琥珀，实为“虎魄”。④

管理西方的最高神祇是西王母，实际上是最大的白虎，《穆天子传》卷三曰：“西王母如人，虎齿，蓬发戴胜，善啸。”其

▲ *版画中正是法厄同的姐妹们化为白杨树的瞬间，画面右侧的天鹅，是法厄同的挚友美少年库克诺斯所化，最后灵魂上升，变为天鹅星座*

④琥珀的传说

在中国古代，琥珀也被称为“虎魄”“兽魄”“顿牟”等。顾名思义，认为琥珀是由老虎的目光或魂魄所化。宋代黄休复在《茅亭客话》中就曾记有老虎的魂魄入地化作琥珀的传说。明代李时珍在修订《本草纲目》时记载：“虎死则精魄入地化为石，此物状似之，故谓之虎魄。俗文从玉，以其类玉也。”由于人们认为琥珀是“虎毙魄入地而成”，所以，早在远古时期，贵族们都将琥珀视为趋吉避凶、镇宅安神之物。

英文称琥珀为 Amber，它源自古代的阿拉伯语，意为“海上

的漂流物”，因为当时的阿拉伯人认为琥珀是在暴风雨后被海浪拍打上岸的宝石。著名的“人鱼的泪滴”就是一则与此相关的美丽传说——北欧神话中海神最小的女儿，因叹息与王子的悲恋所流下来的眼泪凝固后，就成了半透明的琥珀。

琥珀也被称为“太阳之石”。希腊神话中法厄同是太阳神赫利俄斯之子，总想独自驾驶带翼的太阳车，赫利俄斯对儿子要求从不答应。那日，法厄同背着父亲悄悄驾着太阳车行驶在世界的上空，最终翻车失控，无数森林、原野被烧成灰烬。而法厄同本人也被宙斯的闪电击落，陨落至埃利达努斯河中。母亲克吕墨涅与妹妹赫利阿得斯等人得知噩耗抱头痛哭。她们伤心欲绝，一连哭了四个月，最后妹妹们幻化成了河边的白杨树，她们的眼泪就变成了琥珀。

悲伤的眼泪凝成琥珀之说，与中国“老虎的目光凝成琥珀”之说，有异曲同工之妙，说明古人意识到了琥珀最初是由液体构成的。

◀ *吴哥窟里的湿婆像*

实四方神也是四季的代表，白虎表示秋天，秋天是万物凋零的季节，正是杀人的好天气。春生、夏荣、秋杀、冬藏，周而复始。

现在我们知道白虎的厉害了，前身就是掌管生殖和毁灭的西王母大神（和印度的湿婆大神[⑤]类似）。由于掌管生殖，虎被当作性的象征，尤其白虎（被称为白虎的女人）也是中国男人有些恐惧的性对象——拥有极高的性能力，并有可能附带着灾难。

中国人管性事雅称为"赴巫山，布云雨"，皆因巫山神女的典故。巫山神女就是《楚辞》里的山鬼，总是裸体骑虎的形象……[⑥]

人们把虎与性能力相关联，对虎来说则是非常不幸——几百甚至几千年来，虎鞭、虎板油和其他器官一直是公认的壮阳药。虽然，虎鞭的效果可能还不及新鲜嫩绿的芦笋，但是文化的力量总是持久，想"挺好"的男人在今天已经要把地球上的老虎杀光了。现代神奇的壮阳药伟哥（Viagra）在梵语（Vyaghra）中的意思恰恰是虎。虽然伟哥的生产商辉瑞公司澄清说，这只是一个惊人的巧合。

我倒是宁愿相信，老虎没有消失，只是运用自己的鬼神之力，更深地潜伏在了人类之中。◉

⑤湿婆

湿婆在吠陀里先是以邪恶面目出现的，称为“野兽之主”，居住在北方的喜马拉雅山森林之中（诸神住在东方），保护那些躲避雅利安征服的人。后来则发展为印度教中的至上神——既是破坏之神，又是生殖之神、舞蹈之神和苦行之神。

有个神话说，梵天和毗湿奴（印度教三主神的另外两位）争论他们谁更伟大的时候，面前出现了一根熊熊燃烧的火柱，好似要烧毁宇宙。两位大神大惊失色，都去探询火柱的来源。毗湿奴变成一头野猪，顺着柱子向下跑了一千年；梵天变成一只天鹅，顺着柱子向上飞了一千年，都没能到达柱子的尽头。当他们只好回到出发地相见时，湿婆出现在他们面前，他们发现，原来那根柱子是湿婆的林伽（男根）。

而湿婆的各种伟大力量，都源于苦行。可以说，印度的苦行主义源自更古老的土著传统，与神祇一起，融入了雅利安人婆罗门教的世界。

⑥虎与性

虎的力量和夜行本性，在亚洲成了性能力的象征。在中国博大精深、讲究阴阳平衡的道教里，它那被神化的形象——白虎——掌管着风以及代表黑暗、生育、女性的阴柔力量。

屈原《楚辞·九歌》第九首《山鬼》是古代楚人祭祀山鬼的祭歌，唱的是一位美丽多情的山鬼，在深山中与公子幽会后，急切等待着，然公子迟迟未能再次到来，惆怅疑惑。屈原采用山鬼内心独白的方式，将幻想与现实交织在一起，摹画了一种烟雨蒙蒙、温润辽阔的氛围。

至清代，顾成天《九歌解》首倡山鬼为“巫山神女”之说，后经郭沫若、马茂元等人考证与阐发，“山鬼”被演绎为“女鬼”或“女神”，被广泛接受。历代画家尽情描绘山鬼，多以裸女形象出现，缀以花环草裙，骑坐于虎豹之上，隐约出失落、忧怨之态。

在西方即便是笼中困兽，虎依旧华丽而性感十足，而且头顶着酒神狄俄尼索斯的享乐主义光环。自公元一世纪以来，画中的酒神便常常骑于老虎身上，可能象征着酒神放纵狂欢的生活。

这个形象似乎已深深扎根在西方人的心里，在艺术作品、广告甚至人的睡梦中都有所体现。1944年，西班牙画家达利用绘画表现了他妻子加拉讲给他听的一个梦，于是诞生了杰作《睡醒前一秒钟，因蜜蜂绕石榴飞舞而起的梦境》。达利沉迷在弗洛伊德的精神分析论之中，宣称画中的鱼代表男性力量，步枪和锋利的刺刀暗指阴茎，石榴籽象征女性生育和繁殖能力，而鱼口中跃出的两只强大又势不可当的老虎，恰恰表现出加拉潜意识里对性爱的强烈渴望。

虎的形象在西方算命扑克里也有一席之地，代表着激情以及发生新恋情的可能性。

◀ 达利《睡醒前一秒钟，因蜜蜂绕石榴飞舞而起的梦境》

玄武

龟蛇二虫共为玄武

守护四方的青龙、白虎、朱雀皆叫人一目了然，唯这玄武有些奇怪。“武”算什么？文字学家说了——武是止戈，乌龟壳厚，不怕戈，故称武。总觉得有点别扭，直接叫玄龟不好吗？像点四个学生的名，别人都是本名，偏有一个叫了绰号。

玄武大搞特殊还不止一处，那三位都是独守一方，它却龟蛇相交同居[①]，不甘寂寞。

说起来，玄武作为四方神的资历，也比不了那三位。甲骨文上的四象是龙虎雀鹿，并没有龟的印记。最早出现“玄武”这个词，还是战国的屈原说了一句：“时暧逮其曭莽兮，召玄武而奔属。”（《楚辞·远游》）到了汉朝，玄武已彻底占据了鹿的位置，鹿的神格多半转化到麒麟那儿去了。

汉朝是个神学交合统一的时代，玄武身上统合了北方之神、北方之宿、水神，乃至冬神等许多身份。

西汉的玄武形象，只是单纯的龟。到了东汉，才开始出

出自东汉的玄武瓦当 ▶

①龟蛇交缠

最早提到玄武不只是龟，而是龟蛇相缠的文字，可能出自东汉张衡的《思玄赋》：“玄武缩于壳中兮，螣蛇蜿而自纠。”

现龟蛇交缠。

蛇是怎么来的？就是身兼数职，来回变身乱了套的缘故。

作为北方象征，有两位真正的大神，远比玄武强大多了，一个是五帝中的颛顼，另一个是水神共工。他俩打架，撞倒了不周山，天地几乎覆灭，迫得古皇女娲出来补天救世。

颛顼是黄帝之孙，其家族图腾一个是熊（有熊氏），另一个是龟（天鼋氏，即轩辕氏）。西汉刘安在《淮南子·天文训》里说："北方，水也。其帝颛顼，其佐玄冥，执权而治冬。其神为辰星，其兽玄武。"显然颛顼打出的族徽是龟，也就是玄武。

共工是炎帝之裔，《山海经》说他"人面蛇身，朱发"，还有个著名臣子，叫相柳，就是条九头巨蛇。可见与蛇渊源极深。

两个同为北方的大神缠斗一生，最后反映到玄武的形象上，龟蛇交缠。

还有一个说法，更有意思。说玄武便是颛顼的儿子，也就是大禹的父亲——鲧（鲧字有大龟的意思），而鲧的妻子叫脩己[②]，即是后来的修蛇。如此，龟蛇并不是缠斗，而是做

旧时版画上的修蛇吞象 ▶

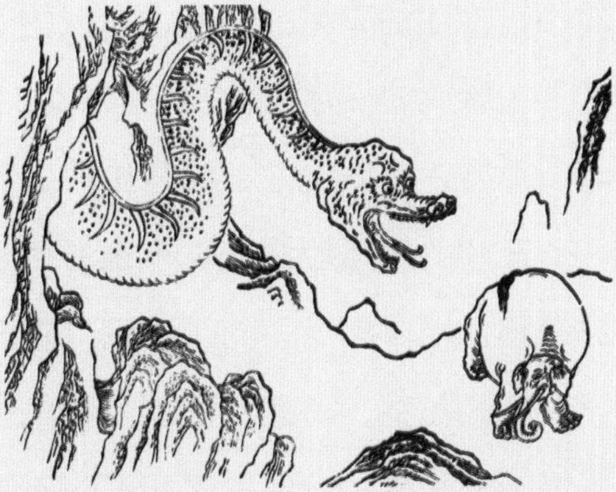

②脩己与修蛇

《竹书纪年》卷上："帝禹，夏后氏，母曰脩己，出行，见流星贯昴，梦接意感，既而吞神珠。脩（同修）己背剖而生禹于石纽。"

大禹还有个传说，父亲鲧身死三年不腐，被剖开肚子，大禹化龙而去。两个传说有一点相同，大禹是被剖出来的。按当年的医学，脩己被剖出大禹的话多半是活不了的。只是鲧的尸身能化作大龟（一说是凶兽梼杌），那脩己的尸身也可以化作修蛇。

修蛇很大，可以吞象。当年有一条潜在洞庭湖底，在十日并出时，湖水干涸，就跑出来了，结果被后羿追杀，跑到巴蜀时被后羿射死，骨骼化作巴山。

脩己化作的修蛇显然没那么大，去找到丈夫（大龟）纠缠在一起，合为玄武。

不过这个传说多半是民间后来的附会，仅是因为有一个共同的"修"字。但神话中本就充满了附会，干吗不选取一个美好的呢。

着不可描述的事情……所以东汉的《周易参同契》里唱：“关关雎鸠，在河之洲。窈窕淑女，君子好逑。雄不独处，雌不孤居，玄武龟蛇，纠盘相扶。”

玄武的好运还没完。本来玄武一直与朱雀、青龙、白虎并称，地位相当，到了唐朝，陡然拔高了。武则天当然喜欢“武”字，将兵符都改为铜龟玄武符，玄武又多了个职能——武神，受到了唐帝王的郊祭。③

宋朝更了不起，玄武从龟蛇的灵兽之身化作了人格神——真武大帝，远远甩开了龙虎雀这些旧同学。《元始天尊说北方真武妙经》说：“昔有净乐国王与善胜皇后，梦吞日光，觉而有娠，怀胎十四个月，于开皇元年甲辰之岁三月建辰初三午时，诞于王宫。”据说净乐国实际上是周时的麇国④，位置就在武当山附近。顾名思义，麇国的图腾肯定是鹿，跟甲骨文说的一样，只是后来生生变成龟蛇，而今又化生为人。

太上老君的说法就和元始天尊不一样。《太上说玄天大圣真武本传神咒妙经》说：“玄元圣祖八十一次显为老君，八十二次变为玄武。故知玄武者，老君变化

▲ *唐代四灵镜，玄武在下*

③玄武地位的攀升

从龟蛇合体的东汉，到六朝时期（公元2—6世纪），玄武在道教神仙体系中的地位并不高。晋代著名道士葛洪（约281—341年）撰《抱朴子内篇·杂应》记载，老子的侍从，左边有十二青龙，右边有二十六白虎，前面有二十四朱雀，后面有七十二玄武（数量越多越显得不金贵）。

南朝著名道士陶弘景（公元456—536年），编排了《洞玄灵宝真灵位业图》，是道教神仙体系的第一次整理。然而，其中并没有玄武。

唐代玄武信仰已经广为流传，奠定了武神地位，但身份显著的改变及传记的出现则是在宋代。整个宋代，都陷入北方边患的苦战里，民众心里呼唤镇守北方的武神玄武能一展神威，降魔伏兵。当时道教造出了《太上说神兵护国消魔经》等玄武的经典，也将玄武的龟蛇形象人格化为一个仗剑披甲的武将。

④麋国

殷商武丁时期甲骨卜辞上有记载：公元前1296年，麋受到邻国方由攻击，向商王武丁求援。也就是说，3300多年前，麋部就已经出现。商末，麋部率百濮部族参与伐商有功而受封为周朝麋子国。

春秋鲁文公十一年（公元前616年），楚王怪罪麋人没有与他联盟伐宋，第二年率兵直捣麋国都城钖穴，麋国兵败亡国。

◀ *元代永乐宫壁画上的玄武形象，披发、仗剑、负甲，成了真武大帝（玄武）的标准像*

▲ *武当山是真武大帝（玄武）崇拜的祖庭*

古麇国在今天湖北靠近陕西一带，武当山在其中赫赫有名。麇者，非鹿非马，民间亦称为“四不像”，麇和麋相通。遥想当年，武当山一带水草肥美，四野广垠，众多麋鹿生活其间。

宋朝给玄武（真武大帝）造的传记，玄武便是麇国的王子——净乐王子，不爱江山，一心修仙，登武当神山修行，四十二年后得道飞升。

之身。”乖乖不得了，原来真武大帝是太上老君的第八十二化身。[5]

真武大帝还有许多骇人的封号，比如玄天上帝、荡魔天尊，固定形象犹如武将，披发仗剑，赤足踩着龟蛇。武当山成了他修行见道的圣地。

到元朝时，真武大帝的身后，金童玉女分塑两旁，家庭成员再次扩充。这对男女来头不小，男的是大名鼎鼎的周公。周公是周文王的儿子，父子俩竟然成了算命的行业祖宗，因为文王会演八卦，周公会解梦。

女的叫桃花女，凭空出世，好像就是来给周公捣乱的。这情节最早出现在元杂剧《桃花女破法嫁周公》里，后来又有了多个版本的话本小说。故事里周公给人算命无有不中，却出现一个桃花女，专传授解破之法给那些被周公算过命的人，显得周公屡屡失算。周公知道遇见了对手，就去向桃花女求亲，意欲一决高下。两人洞房斗法，周公下的都是死手，却被一一解破，到最后桃花女化作桃花遁走，周公化作蜜蜂追杀，却被桃花裹入花芯……成就了好事。

两人相爱相杀大梦归，却发现他们不过是真武大帝的

⑤太上老君有多少化身

道教关于老子的神话故事，很多都是模仿佛经的，并压着佛经来写。比如佛经说释迦牟尼有三十二相八十种好。道教说老子容貌有八十一好，多一种。而且八十一这个数就和老子分不开了：老子在母胎八十一年而生，曾经感化八十一国的国王，有八十一化身……

由于太上老君有八十一化的说法早已深入民心，让玄武和道教始祖老子拉上关系，只好说是第八十二化。

宋末元初，僧人少林寺长老福裕，控告全真道士刻板印行老子八十一化图，其中文字毁谤佛门，引发了佛道的争论。辩论由蒙哥可汗（1251—1259 年在位）主持。结果，蒙哥可汗判定道教失败，下令烧毁八十一化图的版本。

1258 年，忽必烈（1260—1294 年在位）在上都开平主持第二次的佛道论辩。僧道各派代表十七人参加，辩论老子化胡说的真伪，结果还是道士失败。朝廷命令道士十七人削发，焚毁道经四十五部，并归还佛教寺庙及土地。

八十一化的说法受到了压抑，玄武是老子八十二化的故事也便逐渐少了流传。

剑及剑鞘（妙喻在民间）所化。[6]

命犯桃花的意蕴，就出在这里。记得《西游记》里孙悟空战银角大王时，他把银角大王装进宝葫芦，嘴里还念叨："周易文王，孔子圣人，桃花女先生，鬼谷子先生……"可见连齐天大圣都知道桃花女的厉害。

惹上桃花运，吉凶难明，甚是暧昧……这才是爱情的面目，可比月老（婚姻之神）牵动的姻缘丰富多了。

如此，玄武的业务又有了拓展，当上了爱神。◉

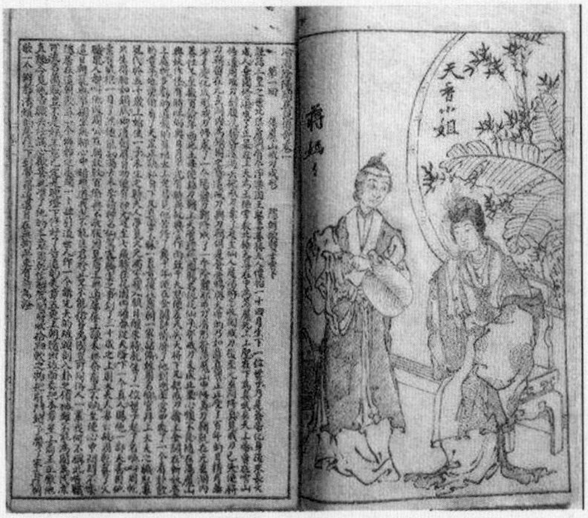

清朝署名不题撰人的小说《桃花女阴阳斗传》流传甚广 ▶

⑥桃花女斗周公

最早的元杂剧里，桃花女嫁的并不是周公，而是周公的儿子。是公公与儿媳妇之间用法术斗来斗去，还总是桃花女技高一筹，压住周公。

历史上周公的长子是伯禽，也就是鲁国的第一代国君，后来民间也有将桃花女附会成鲁公伯禽夫人。山东新泰市有桃花女庙，周公与伯禽一起受供，但明显还是桃花女厉害，《新泰县志》有明确的记载：“桃花女墓，谚谓鲁公伯禽夫人墓，在北佐庄周公庙西里许，上有槭，形甚苍老，樵薪者犯之，必暴死。”

到后来传说分出一支，民间故事逐渐变成了周公和桃花女是夫妻斗法，最终归位到真武大帝的身边，所谓从阴阳相克到阴阳和合。

西王母　母系社会与上古女神

希腊神话里有男战神阿瑞斯[1]，也有女战神雅典娜[2]。仿佛女战神更强大，因为雅典娜同时还是智慧女神，类似用兵之道，攻心为上。

中国的神话与此同调，既有男战神蚩尤，也有女战神九天玄女[3]。在蚩尤与黄帝大战时，黄帝一度落败，幸得九天玄女传授兵法，才扭转败局。相比力战无敌的蚩尤，九天玄女是智取的兵法之祖。多一句嘴，九天玄女还在《水浒传》里传了宋江兵书。

这些强大的女神，实际是远古母系社会遗留的信仰印记。

希腊传说里有个标志性的事件，象征着母权向父权过渡。希腊联军的主帅阿伽门农打赢了特洛伊战争后，卸甲回国，却被妻子携奸夫一起杀死。阿伽门农的儿子俄瑞斯忒斯长大后替父报仇，杀死了母亲。复仇女神站在母系立场检控俄瑞斯忒斯弑母是重罪，而太阳神阿波罗站在父系

吉耶莫（法）笔下的战神“高光时刻”

①男战神阿瑞斯

战神阿瑞斯（罗马名字是马尔斯）的血统纯正，父亲是宙斯，母亲是善妒的天后赫拉。《荷马史诗》里描绘的阿瑞斯鲁莽、嗜血、激进、容易失控，而且常打败仗。败仗后的阿瑞斯会发脾气、崩溃，一副输不起的样子。古典学家卡罗·卡列尼这样形容阿瑞斯，“从各种方面来看，这个角色都欠缺尊严，当鲁莽的阿瑞斯受伤时，他的尖叫声有如九千或一万人的惨叫”。阿瑞斯更像是穿上纪律和文明外衣前的人类本来面目，自我中心，用暴力获取自己的欲望。

阿瑞斯的高光经历，是与美神阿芙洛狄忒（罗马名字是维纳斯）偷情。一天，两人正通奸，被阿芙洛狄忒的丈夫——工匠之神赫菲斯托斯捉了现行，用一张神网套住。成了天界的著名丑闻。

▲ 勒内·安托万·胡安斯（法）笔下的《雅典娜的诞生》，1688

②女战神雅典娜

不同于阿瑞斯被称为“可鄙之神”（古希腊剧作家索福克勒斯说的），雅典娜在古希腊人眼里几乎是个完美的神祇，美丽（不输于阿芙洛狄忒与赫拉）、智慧、健康、勇敢。

聪慧女神墨提斯本是宙斯的第一任妻子。墨提斯怀孕时，宙斯的母亲盖亚预言，墨提斯的孩子，将超越他的父亲。宙斯为避免预言实现，就吞下妻子墨提斯，后来他头痛欲裂，诞生的雅典娜全副武装地从宙斯的脑袋里跳出来。

③九天玄女

九天玄女这个神祇，在《山海经》神话及史书典籍里并未出现，最早在汉代纬书《龙鱼河图》里见载，后被道教推为阵法奇门遁甲之祖。

也有人推断，九天玄女的原型当是玄鸟，诗经云:“天命玄鸟，降而生商”，是殷商人的始祖。由此有记载说九天玄女降临，授黄帝兵法时，是人面鸟身，这形象颇像希腊神话里的塞壬。其实《山海经》里有人面鸟身的神祇，却不是玄鸟，而是春神句芒。玄鸟和句芒都是商人、楚人信仰的鸟图腾，说不定真有渊源。

山海经古版画上的句芒 ▶

立场辩护俄瑞斯忒斯是惩戒杀父凶手理应无罪，裁判者雅典娜挑选了雅典最正直的市民组成陪审团，投票表决，结果两边票数一样多。于是雅典娜投出了关键的一票，她说，我并不是母亲生的，而是从父亲宙斯的头颅里直接跳出来的，所以我认为俄瑞斯忒斯无罪[4]。

这种过渡同样在中国神话里上演，只是主角不是九天玄女，而是她的上司西王母。九天玄女就是受西王母的委派，才去拉黄帝一把的。

原始神话里西王母掌管生命、瘟疫及刑杀，威权极高，在重生死的汉代的信仰谱系里，站在金字塔最高处。在画像石里，三皇中的伏羲、女娲只能分列在西王母的两边，就像跟班[5]。至于颛顼、帝俊这样的天帝，不知比她低了多少辈。射神后羿因为射下了九个太阳（天帝的九个儿子），得罪了天帝，与妻子嫦娥一起被贬为人类。滞留凡间的后羿夫妇开始互相埋怨，对人生死亡的恐惧，使他们的感情恶化了。后羿还是想挽救这段感情的，他打算去拜访住在昆仑山的西王母——神秘的黑暗神祇之王。

昆仑山在西方苦寒之地，山下环绕着弱水，弱水不浮一物，羽毛都会沉下；山腰又环绕着炎火，昼夜不息，完全是后来的地狱场景。后羿竟然都通过了，上到山顶，见到了不为人知的西王

▲ *希腊瓶画上的俄瑞斯忒斯复仇*

④俄瑞斯忒斯的审判

在古希腊悲剧作家埃斯库罗斯的笔下，这个故事更加悱恻。俄瑞斯忒斯杀死母亲后，陷入巨大的痛苦——复仇女神昼夜跟踪，化身三个形象时刻都在恐吓他、袭击他、咒骂他，让他疯狂——或是心理疾病的隐喻……直至雅典娜的法庭判他无罪，才得以解脱。

法律史学者也爱引用这个故事，认为标志着古希腊城邦社会由崇尚私人复仇转变为尊重司法裁判的进程，后来，东西方的法律都开始禁止直接复仇。

◀ 法国学院派唯美画家威廉·阿道夫·布格罗在1862年绘制的《复仇女神的三个化身折磨俄瑞斯忒斯》

⑤西王母崇拜

陈梦家在殷墟甲骨文中,发现有祭“西母”的卜辞,认为是西王母崇拜的先声。

春秋战国时,西王母的神格开始清晰,高坐昆仑,主掌生死刑杀,令人恐惧。

到了西汉,西王母成了最高神,创造毁灭集于一身,神格颇似印度教的湿婆大神。汉代画像石墓中,墓室的主壁或其他地方的图像里,西王母都是图像的中心,连伏羲、女娲这样的人文之祖,三皇魁首,只能分列两旁。

到了东汉,民间信仰使西王母的面目柔和起来,从令人畏惧的死神,变成吉祥永寿之神。直到佛教传入民间,西王母崇拜才逐渐淡化,地位被道教逐渐降低。

◀ *大英博物馆里来自美索不达米亚的伊南娜女神雕像。比较神话学家会认为西王母的源头或与两河流域的伊南娜女神有关。伊南娜的名字就是“天之女神”的意思。伊南娜的宠物是狮子,在雕塑品中,经常与狮子一同出现,这和西王母被描述为“豹尾虎齿”同调。伊南娜身边有两只猫头鹰,而西王母身边有三只巨大的青鸟。*

母——一个披着委地的长发，长着豹子尾巴，头上戴着玉冠的身影倚在山巅上，旁边立着三只巨鸟。忽然西王母扬起首，显出面来，露出老虎的牙齿，仰天厉啸，天地震颤，群山鸟兽四散奔逃⑥。

如此凄厉的西王母掌握着不死的神药，服一丸长生，服两丸羽化成仙。至于后羿怎么打动西王母的，已不得而知，反正西王母是不在乎天帝的面子的，赐了后羿两丸不死药。后来嫦娥偷药奔月的事，就路人皆知了。

到了周朝，传说周穆王驾八骏西行，在昆仑山见到的西王母，却是个异域的女王。女王在招待的宴会上唱歌，说人生苦短，你一去如时光难返，我却品尝着永生的寂寞⑦。

到了汉代，汉武帝西巡时，据说也见到了西王母，那时西王母已出落为绝色的女神，不死药已变成了蟠桃，并送给了武帝几枚⑧。三千年一摘的蟠桃才有长生的功效，赠给武帝的怕是不足年的，只强健了身体，让汉武帝成了历史上在位最久的皇帝之一。

到了宋代，西王母演变成了王母娘娘，竟然嫁给了低她好几辈的天帝（玉帝）。之后就像琐碎的妇道人家，没干什么好事了：开凿了一条银河，只为拆散牛郎织女；开蟠桃大会，轻慢人才，惹恼了孙悟空……当年虎啸山林，人神共惧的威名，一去不返了。

▲ 汉画像石上的西王母像，左是伏羲，右是女娲

⑥山海经中的厉神

《山海经》中涉及西王母的内容，都将其描述为头戴玉冠半人半兽的狰狞怪物。

《西次三经》：“玉山，是西王母所居也。西王母其状如人，豹尾虎齿而善啸，蓬发戴胜，是司天之厉及五残。”

《海内北经》：“西王母，梯几而戴胜杖，其南有三青鸟，为西王母取食。在昆仑虚北。”

《大荒西经》：“（昆仑之丘）有人，戴胜，虎齿，有豹尾，穴处，名曰西王母。此山万物尽有。”

⑦周穆王见西王母

晋武帝时，于汲郡战国魏王墓一同出土了《竹书纪年》与《穆天子传》，里面都有周穆王见西王母的记述。

《竹书纪年》：“穆王十七年，西征昆仑丘，见西王母。其年来见，宾于昭宫。”

《穆天子传》的记载更加生动，犹如小说，西王母在其中是个谈吐高雅的女神：“天子觞西王母于瑶池之上。西王母为天子谣曰：‘白云在天，丘陵自出。道里悠远，山川间之。将子无死，尚复能来。’天子答之曰：‘予归东土，和治诸夏。万民平均，吾顾见汝。比及三年，将复而野。’西王母又为天子吟曰：‘徂彼西土，爰居其野。虎豹为群，于鹊与处。嘉命不迁，我惟帝女。彼何世民，又将去子。吹笙鼓簧，中心翱翔。世民之子，惟天之望。’”

⑧汉武帝的推波助澜

汉代大规模的西王母崇拜，与汉武帝的推动有关。西汉皇室对西王母的祭祀，最早的记载就是汉武帝中期的元鼎六年（公元前 111 年），从这开始，汉武帝先后六次去昆仑之丘（今甘肃省泾川县）拜谒西王母，为了寻求长生不死之仙果和圣水。其性质与秦始皇派人入海去蓬莱类似。

汉武帝当然无功而返，但六朝的方士，却杜撰出《汉武帝内传》，绘声绘色写汉武帝与西王母相见的情形，里面的西王母“著黄金褡褟，文采鲜明，光仪淑穆。带灵飞大绶，腰佩分景之剑，头上太华髻，戴太真晨婴之冠，履玄璚凤文之舄。视之可年三十许，修短得中，天姿掩蔼，容颜绝世，真灵人也”。完全是后世永乐宫壁画里西王母的写照。

◀ *永乐宫壁画上的西王母像，已经是王母娘娘的模样了*

精卫 归于太阳的鸟图腾

我们老说三皇五帝，到底都是谁，一直有争议。如果按古籍记载的流量看，三皇[1]应为伏羲氏、女娲氏（有用燧人氏替代女娲的，但燧人氏在中国神话里实在太面目模糊了）、神农氏。五帝[2]应为黄帝、颛顼、帝喾（俊）、尧、舜。

三皇时代终于神农氏，也就是炎帝。五帝时代开于黄帝，后面的四帝，乃至夏商周都是黄帝系的血脉[3]。三皇时代与五帝时代的交接口，便是炎黄之间的坂泉之战，黄帝替代了炎帝。

中国神谱里的大多数神祇是炎帝系或黄帝系的子孙，炎帝系神祇作为失败的一方，却在故事中迸发出悲剧的人格光辉——蚩尤的枷锁化作如血的枫树，夸父逐日身死化为桃林，刑天被斩首依旧作干戚之舞，共工身败而以头触不周之山……还有著名的精卫填海。

《山海经·北山经》里说，有一种鸟，身形很像乌鸦，

▲ 古版画里的神农，头上有牛角，口尝百草

①三皇

三皇的说法众多，向来靠谱的司马迁却没有说具体是谁，只在《史记·秦始皇本纪》里转秦博士的话："古有天皇，有地皇，有泰皇，泰皇最贵。"

《风俗通·皇霸》引《春秋纬运斗枢》说三皇是伏羲、女娲、神农。

《风俗通·皇霸》引《礼纬含文嘉》说三皇是燧人、伏羲、神农。

《白虎通·号》说三皇是伏羲、神农、祝融。

《通鉴外纪》说三皇是伏羲、神农、共工。

《帝王世纪》说三皇是伏羲、神农、黄帝。

各种说法，伏羲和神农是铁打不动的。

▲ 古版画里的黄帝，头上他发明的冠冕

②五帝

最常见的说法是黄帝、颛顼、帝喾、尧、舜五人。其说根据《国语·鲁语》对他们的赞誉而定。《史记·五帝本纪》和《大戴礼记》承用了此说。

《战国策·赵策》与《易·系辞》提出伏羲、神农、黄帝、尧、舜五人。《庄子》《淮南子》亦承此说。

《吕氏春秋》所载的是太昊、炎帝、黄帝、少昊、颛顼。《礼记·月令》亦同此说。

东汉以来，有人把黄帝升为三皇之一，皇甫谧《帝王世纪》从之，而以少昊以下五人为五帝：少昊、颛顼、帝喾、尧、舜。

《通鉴外纪》及《路史发挥》引梁武帝萧衍画像碑述，以黄帝、少昊、颛顼、喾、尧为五帝，似是最晚的一说。

头上有花纹，“白喙，赤足，名曰精卫”，它的叫声就像呼唤自己的名字。这种鸟原来“是炎帝之少女，名曰女娃。女娃游于东海，溺而不返，故为精卫，常衔西山之木石，以堙于东海”。

大海是危险的，收走了去游水的炎帝小女儿。有人觉得这场景像先秦常见的“以女妻河”的献祭，面对无常的海浪，先民将打扮好的巫女送上木筏，推到海心，看她被潮水吞没……她是献给海的人类新娘。

也有人说，炎帝代表火，对于女娃来说，大海是最危险的去处，所谓水火不容……但女娃依旧没有能抵挡大海的诱惑。

我并不想讨论女娃为什么会“游于东海”，以及死后的复仇叙事，我感兴趣的是精卫是什么鸟？为什么一个美丽少女会化作一只酷似乌鸦的鸟？

《白虎通·五行》中说：“炎帝者，太阳也。”炎帝不只是农神，还有太阳神的神格。而中国神话里，太阳是一只三足的乌鸦，又叫金乌[4]，那么炎帝的女儿死后，化作一只类似金乌的鸟，就不奇怪了。

③黄帝的子孙

颛顼是黄帝的孙子；帝喾（俊）是颛顼的侄子；尧是帝喾的儿子；舜是尧的族侄，也是尧的女婿；大禹是颛顼的嫡系，儿子夏启开辟了夏朝。

再以后，神话记忆让位给了历史记忆。但由此也看得出来，我们为什么被叫作炎黄子孙，尤其是黄帝的子孙。几乎所有姓氏都是从炎黄这两棵大树发展而来。

商朝人认为自己的始祖是帝喾的儿子，尧的弟弟。

周朝人认为自己的始祖是帝喾另一个儿子，也是尧的弟弟。

秦人认为始祖是黄帝的六世孙，参与过大禹治水。

楚人追认的祖先有两个，一个是炎帝系的后裔祝融，另一个是黄帝系的颛顼，是炎黄融合的典范。

▼ 马王堆帛画上金乌立于太阳之内

④金乌栖扶桑

《山海经·大荒南经》中有“羲和者，帝俊之妻，生十日”；《山海经·海外东经》说“汤谷上有扶桑，十日所浴，在黑齿北。居水中，有大木，九日居下枝，一日居上枝”；《山海经·大荒东经》也说“汤谷上有扶木，一日方至，一日方出，皆载于乌”，便是对十日神话传说的记述——有十个太阳，每天早晨轮流从东方扶桑神树上升起，化为三足金乌在宇宙中由东向西飞翔，到了晚上便落在西方若木神树上。

为什么太阳会是一只乌鸦？可能古人看到太阳身上时而露出的黑子，从而想象里面隐藏着一只黑鸟；也可能和乌鸦晨起暮归的习性与太阳同起落有关。神话学家弗里德里希·马克斯·缪勒说“一切神话均源于太阳”，所以中国先民崇拜里才有那么多乌鸦的印记。

鸟图腾里除了朱雀、凤凰外，金乌、精卫、青鸟、玄鸟等神鸟，都有乌鸦的影子。

青鸟是掌管刑杀死亡的西王母身边的信使，有记载说“青鸟如乌”[5]，也似金乌一般长着三只脚，只是金乌的变体。

玄鸟是商民族的祖先和图腾，可能就是金乌，而不是后来说的燕子[6]。十日传说是典型的商族神话，天干便是十个太阳的名字。商族自认是太阳的后裔，历代商王都用天干取名，比如武丁、盘庚、子辛等。后羿射日的传说，十个太阳变成了一个太阳，暗示着周替代商的结局。

在后来的道教徒眼里，乌鸦依旧是“阳精”，在《抱朴子》里面就记载着一个长生的方子：用牛肉和丹丸喂养雏乌鸦，等它长大，“毛羽皆赤”的时候杀掉，“阴干捣

⑤青鸟

西王母身边有三只青鸟。《山海经·海内北经》：“西王母梯几而戴胜杖。其南有三青鸟，为西王母取食。”另《山海经·西山经》：“又西二百二十里，曰三危之山，三青鸟居之。”，

《博物志》：“有三青鸟如乌大，使侍母旁。”据东汉班固的《汉武故事》：“七月七日，上于承华殿斋，日正中，忽见有青鸟从西方来，集殿前。上问东方朔，朔对曰：‘西王母暮必降尊象，上宜洒扫以待之。’……有顷，王母至。乘紫车，玉女夹驭，载七胜，履玄琼凤文之舄青气如云，有二青鸟如鸾，夹侍母旁。”是说西王母有三青鸟，一只选遣为信使，前来给汉武帝报信，另外两只随西王母而来，并服侍在西王母身旁。专门说，青鸟好似乌鸦的样子。

于是后人把传信使者也称为青鸟。南唐中主李璟有诗：“青鸟不传云外信，丁香空结雨中愁。”李商隐诗云：“蓬山此去无多路，青鸟殷勤为探看。”

⑥玄鸟

《诗经·商颂·玄鸟》：“天命玄鸟，降而生商。”

按《史记·殷本纪》记载，商的始祖契的母亲简狄，是帝喾次妃，契为简狄所生。《竹书纪年·殷商成汤》里提到玄鸟：“初，高辛氏（帝喾）之世，妃曰简狄，以春分玄鸟至之日，从帝祀郊禖，与其妹浴于玄丘之上。有玄鸟衔卵而坠之，五色甚好。二人竞取，覆之以二筐。简狄先得而吞之，遂孕。胸剖而生契。长为尧司徒，成功于民，受封商。”是说简狄和妹妹到河中洗浴，飞来一只玄鸟，下了一只卵，简狄争而吞之。回去后，有了身孕。十月后，生下一子，取名为契。契长大后，帮助禹治水有功，帝舜封其为司徒，并把商地分封给他。

青铜器上的玄鸟纹

因为有一句“春分玄鸟至之日”，颇像燕子春天归来的习性，所以后人多解为燕子。也有解为仙鹤的。

服”“可以寿五百岁”。

在古希腊，乌鸦也与太阳关系不浅。乌鸦原本是金色的，是太阳神阿波罗的圣鸟，同时还是一位美丽少女，名叫科洛尼斯（Coronis），充当着阿波罗的情人。科洛尼斯爱上了人类伊斯库斯，并打算举行婚礼。当她把婚讯告知阿波罗时，太阳神大怒，用熊熊火焰将科洛尼斯金色的羽毛烧成了黑色。希腊语中的乌鸦“corone”，就源自这位苦命少女的名字。

在美洲古印第安人那里，乌鸦都与预言、智慧和长寿相关，也许和商民族类似，曾有过乌鸦崇拜[7]。只是后来在世界各地，乌鸦的地位都衰落了，变成了预示不吉的聒噪凡鸟，在田间与稻草人为伍。

在文化史上，再没有像乌鸦这么复杂又鲜明的形象了，有着两种截然相反的身份，它既是神的使者[8]，也是鬼魂的邮差；既可以带来喜讯，也预示着灾祸来临；它可以代表太阳的光明，也象征着光明后无边的黑暗。

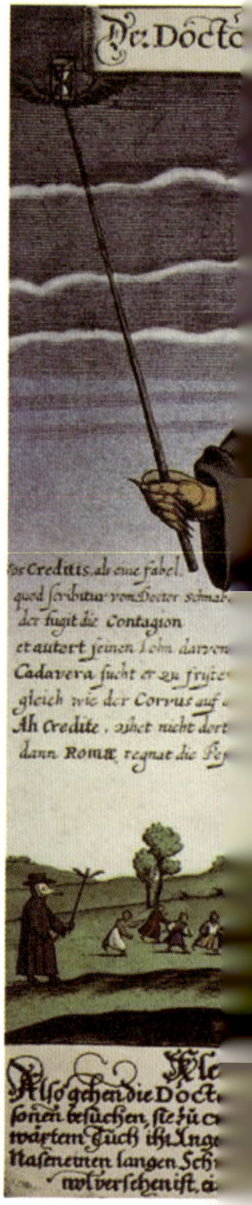

▲ 中世纪欧洲鼠疫盛行，专门救治的医生要戴上乌鸦面具，或认为如此能驱散瘟疫。

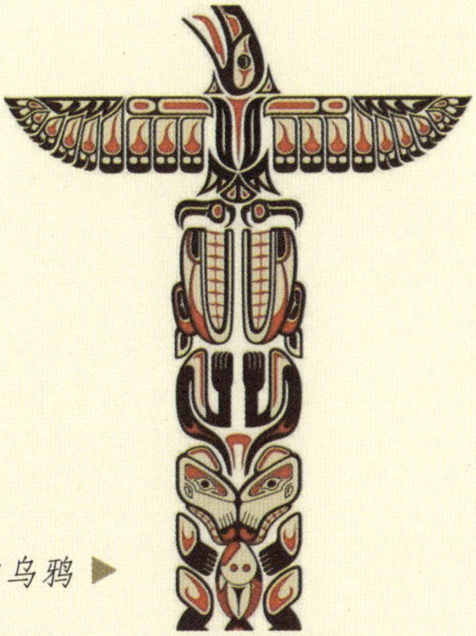

美洲印第安人图腾柱上的乌鸦形象 ▶

⑦乌鸦崇拜

乌鸦可能是北半球高纬度地区神话中最突出的角色。或许是因为黑色的羽毛在皑皑白雪的映衬下过于显眼，或许是喑哑的鸣叫响彻寂静的北地，尤其是在环境严酷恶劣的雪原，乌鸦的生存能力叫人又羡慕又恐惧。

在西伯利亚通古斯萨满文化（包括满族）里，乌鸦是光明女神的象征，甚至是林海的守护神。满族人相信乌鸦曾引导和搭救过他们的英雄完颜阿骨打，把对乌鸦的信仰带到了清朝的北京。紫禁城清宁宫门前“竖神竿，长丈余，顶冠锡盘”用来祭天，实际就是在锡盘里放满食物喂乌鸦。不同日子，等级不同的清朝贵族，所能祭竿数也有不同。每年三月初一日、九月初一日俱立竿致祭，亲王、郡王、贝勒每家各祭三竿；子、镇国公、辅国公，每家各祭二竿；镇国、辅国、奉国将军每家各祭一竿，无爵宗室不祭。

而印第安人觉得渡鸦就是造物神，使土地从大海里露了出来。有的部落认为乌鸦是最伟大的小偷，从而给世界盗来了光明。

⑧乌鸦信使

除了中国神话里青鸟充当信使外，世界各地神话都有乌鸦是信使的传说。

古巴比伦的史诗《吉尔迦美什》里，有一个被称为是《圣经》里诺亚方舟原型的故事，故事里的埃阿（诺亚原型）想知道大洪水有没有退却，先放了一只鸽子，结果鸽子回来了，埃阿知道水没有退，因为鸽子没有落脚点。过些天又放了一只燕子，燕子也回来了。再过些天，放了一只乌鸦，乌鸦一去不回，埃阿便知道大水已经退去，开舟走了出来。

而在《圣经》中，这个顺序被颠倒了过来，乌鸦第一个出去探路，一去不返，所以诺亚“又放出一只鸽子去”，鸽子找不到歇脚的地方，只好回来；七天后诺亚再放了只鸽子出去，傍晚时“鸽子回到他那里，嘴里叼着一个新拧下来的橄榄叶子，诺亚就知道地上的水退了”。在希伯来文化里，鸽子充当了比乌鸦更靠谱的信使。

◀ *油画《诺亚方舟》，西蒙·德·米尔（Simon de Myle），1570年*

灵

独角兽

断是非，辨忠奸，识黑白

独角兽在东西方都是灵兽。但原型都不是人们最常见的独角动物——犀牛。反而是犀牛占了独角兽的便宜，被中国人叫作“灵犀”[①]。

中国的灵犀精通读心术，中国的独角兽更可以断是非，辨忠奸，识黑白。虽然它本身是黑的。

在形象上，西方的独角兽（unicorn）则浑身雪白。其形象就是一匹白马，头顶长着一只螺旋状的长角[②]。传说此角可解百毒，甚至能起死回生。但古罗马博物学家普利斯说：“要生擒独角兽几乎是不可能的。它生性敏感，一有异动，瞬间遁逃。但独角兽是纯洁和天真的象征，易受美丽少女的诱惑。只有纯洁的处女才能捕获它。”猎人通常会把一处女放到野外，独角兽会走近那少女，用角触蹭少女的肌肤，甚至把脑袋靠在少女的裙摆上入睡，这时少女可突然出刀，砍掉独角兽的角。

中国的独角兽叫獬豸[③]，远不及西方的“兄弟”俊朗。三国大将文丑，被称作“面若獬豸”，即是说又黑又丑。而那根独角也不能治病救人，只用来杀人。东汉杨孚《异物志》载“东北荒中有兽，名獬豸，一角”，通身黑毛，

▲ 西汉错金银云纹青铜犀尊，极其写实

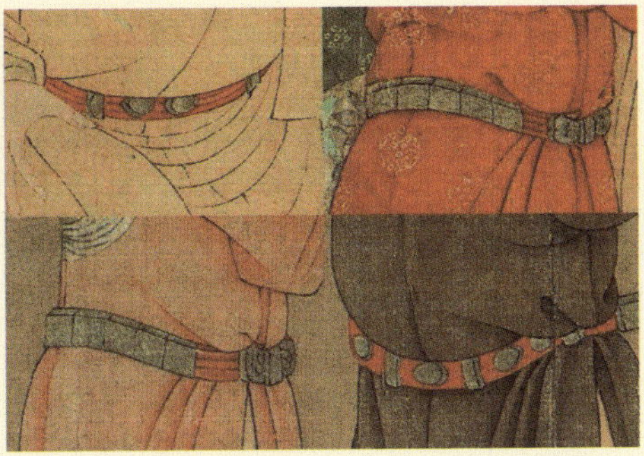

▲ 古画上唐代官服腰间的带銙

①灵犀

犀牛当初遍布中国，并不是稀罕物，远称不上灵兽。

殷商卜辞有一条记载殷王焚林猎犀，获七十一头。那时大肆猎犀，是用犀角做兕觥，用犀皮制甲胄。春秋时，仅东海边的吴国，吴王夫差就有一支十万穿水犀甲胄的士兵……《楚辞·国殇》里也有“操吴戈兮被犀甲”的吟唱。

到汉朝时，犀牛就被屠杀得踪迹罕见了。汉平帝时，王莽辅政，南方的小国把活犀牛当祥瑞来敬献。

唐朝，犀牛角通灵之说相当普遍，可能致使犀牛遭遇了第二次大规模捕杀。犀甲早已淘汰，犀角却作为护身符或奢华饰品而流行。唐朝官员腰带上都有一装饰品——带銙，《唐实录》载：“至唐高祖……一品二品以金，六品以上以犀，九品以上以银，庶人以铁。”好的犀角无价，与玉类似，又说“一品二品服玉及通犀”，通犀就是通天犀，指犀角中心有白缕直上彻端者，这种犀角据说能“出气通天”。白居易诗里的“通天白犀带，照地紫麟袍”，说的就是位极人臣。

明清时，犀角少数制工艺品外，大多成为入药的名贵药材，但活犀几乎在中国是看不见了。

◀ 法国画家莫罗的《独角兽》

拉斐尔的《独角兽圣母》，▶
她怀里的幼年独角兽据
说是耶稣的象征

②白马独角兽

白马独角兽的形象，在古波斯、印度、阿拉伯，甚至《圣经·旧约》里都有出现。在《旧约》里，独角兽没能进入诺亚方舟，最后失踪在大海里。

但在基督教艺术里，独角兽作为纯洁的象征，总是和少女或圣母在一起。但总是受难哀伤的主题——独角兽被猎杀，少女只是诱饵。

从古希腊开始，人们就一直认为独角兽是真实存在的。甚至中世纪时，一直有人在市场上售卖独角兽角研磨的药粉，说能解百毒。连文艺复兴的巨匠达·芬奇在他无所不包的笔记里也相信这一点。英格兰国王詹姆斯一世为了证明独角兽角的功效，叫自己的仆从喝下毒药，结果眼睁睁看着仆从暴毙了。

◀ 壁毯《被囚的独角兽》

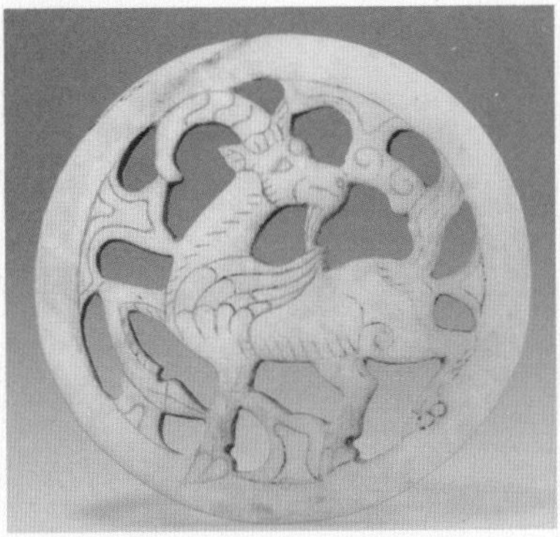

▲ 西汉玉獬豸佩，就是独角羊

▲ 清代官服补子上獬豸的刺绣，更像麒麟

③獬豸

獬豸的标准写法是獬廌，是我们标准的国产独角兽。

我们都知道它独角，但身体形状却说法不一，各自流传。总结起来有四种说法：

一、似羊。《后汉书》云：“獬豸神羊，能别曲直，楚王尝获之，故以为冠。”王充的《论衡》云：“獬豸者，一角之羊也，性知有罪。皋陶治狱，其罪疑者，令羊触之，有罪则触，无罪则不触。”

二、似牛。《说文解字》云：“廌，解廌兽也，似山牛， 角。荐，兽之所食草，从廌从草。”《神异经》云：“东北荒中有兽，如牛，一角，毛青，四足似熊，见人斗则触不直，闻人论则咋不正，名曰解豸。”

三、似鹿。颜师古为《汉书·司马相如传》做注：“解廌，似鹿而一角。人君刑罚得中则生于朝廷，主触不直者，可得而弄也。”

四、似麟。《隋书·礼仪志》引蔡邕曰：“解豸，如麟，一角。”麒麟则如《说苑·辨物》所谓“含仁怀义，音中律吕，行步中规，折旋中矩”。也是寓意规矩公正的灵兽。

遇人有诉讼纷争时，用角抵为恶者，甚至食之。这獬豸是尧舜的刑官皋陶[④]的宠物，凡遇疑难不决之事，悉找獬豸裁决，均准确无误。后来，獬豸就成了法律的象征——獬豸原叫獬廌，而汉字“法”的繁体字“灋”，就是水（端平之意）与这神兽名字的结合。

现在我们能看见獬豸的形象，像是一头长着独角的狮子。这形象还被韩国首尔用作城市象征，就如新加坡的鱼尾狮一样[⑤]。但其实不管是中国人还是韩国人，大多不认识这个怪物。

而獬豸在汉代以前的形象，更像一只黑山羊，《后汉书》里直接说：“獬豸，神羊，能别曲直。”《墨子·明鬼》中记载了一个故事：西周的齐庄公为判决两位臣子王里国与中里缴之间的官司，让他们两人共牵一头羊，到齐国的神庙去立誓，两人歃血为誓，先把羊杀了，把血洒在社土上；王里国先发誓，接着中里缴发誓，还未念完，死羊突然跳起来用头顶中里缴，折断了一只角。神庙的祭司认为是鬼神显灵，将中里缴打死在立誓的地方。

由此可以推断，獬豸的原型，就是远古的国王或祭司

④被淡忘的圣人

皋陶是被后人逐渐淡忘了的圣人。

皋陶是尧舜禹三代圣君的大法官，创立了中华的法律文化，堪称司法之祖。传说舜开始选择的继承人是皋陶，皋陶退让，才将帝位禅让给禹。所以皋陶与尧舜禹齐名，并称“上古四圣”。

王充在《论衡》里说：“五帝，三王，皋陶，孔子，人之圣也。”

皋陶还是李姓人的祖先。皋陶后人世代担任理官（即法官。后来刑法官署，称大理寺），古人以业为氏，始姓李（最早文献载战国时称狱官为“李”，同“理”）。所以唐朝李姓皇帝将皋陶追认为“大唐德明皇帝”。

历代的司法衙门，都会供奉皋陶像，奉其为“狱神”，就连他的宠物獬豸，也成为法律与公平的象征。

⑤公正的守护者

如今不少法院门口都会立个獬豸石雕，形态各异。

其实最有名的獬豸像却在韩国。在首尔的景福宫（韩国最古老的皇宫，有六百年的历史）光化门前，立着一尊獬豸石雕，既不似麟，也不似羊，反而更像一头憨厚微笑的狮子（狗），更奇特的是头上竟然没有角！但是这尊可爱的石像成了首

IVSTITIA

◀ *最近在梵蒂冈被确定为拉斐尔所画的正义女神忒弥斯的壁画*

▲ *首尔的象征——光化门前的獬豸石雕*

尔的象征，说它具有守护正义的传统意义，还兼备“敦厚”与“诙谐性”。

西方法院门前也常立像，不过立的是希腊神话中正义与秩序的女神忒弥斯（Themis）。论辈分，忒弥斯算是宙斯的姑妈，却又和宙斯生了季节三女神和命运三女神。忒弥斯的地位超然，制定的规则宙斯也要遵守。

忒弥斯的形象通常是一身披白袍、头戴金冠、左手提一秤、右手举一剑、倚束棒的蒙眼女神。束棒缠一条蛇，脚下坐一只狗。按照欧洲图像学的解释：白袍，象征道德无瑕；蒙眼，评判不靠感官印象；王冠，代表正义是最高原则；秤，比喻裁量公平；剑，表示制裁威严；束棒，是古罗马最高执法官的标志；蛇与狗，分别代表仇恨与友情，两者都不影响裁判。

用于“神判”[⑥]的祭品——黑色的羊（人们好像认为黑羊、黑狗、黑猫都是通灵的）。在曲直难辨时，就让涉案双方共同杀一只黑羊，濒死挣扎的羊最后冲向谁，谁就是罪人。后来的独角狮子，想必是黑羊牺牲后化作的厉鬼，并潜藏在所有的汉字“法”的后面。

苏东坡生性诙谐，会编些段子讽刺时世。他在《艾子杂说》[⑦]中讲了个寓言：一次，齐宣王问艾子，听说古时候有一种动物叫獬豸，你熟悉吗？艾子说，听说尧帝时，是有一种猛兽叫獬豸，饲养在宫廷里，发现奸邪的贪官，就用角把他顶翻，然后吃进肚子里。艾子停了停接着感慨，如果今天朝廷里还有这种猛兽的话，我想它不用再寻找其他的食物了。

⑥神判

神判是世界各民族在一定历史条件下普遍实行的古老裁判方法。在司法鉴定与法医技术有限的年代，人们得不到证据时，更相信神明和天意。

神判存在的前提是虔诚的神灵信仰，本质是一种巫术。中国人“不语怪力乱神”，秦汉之后，神判在正式的官方法庭里就不多见了，但作为民间习惯法应该广泛存在。中国的小说里常有官员以民众的此习惯心理，作为审讯手段，叫凶手现形。如《聊斋志异》里的《胭脂》，《杨家将演义》里潘仁美在“阴间”判官面前的招认……

中国的少数民族地区，神判延续得更久，史料很多。比如《梁书》记载，在扶南国，会饲养鳄鱼一类的猛兽，被控有罪的，便被丢进鳄鱼池里或猛兽圈里，如果三日之内没有被吃掉便是无罪。清康熙年间的地方志《云南通志》里，记载了武定府彝族人的神判：“畏官府，无讼。有争者，告天煮沸汤，投物，以手捉之。屈则糜烂，直则无恙。”清初的屈大均在他的《广东新语》中记载，广东人常以蛇来进行神判。具体的方式有两种，一是把蛇放在诉讼双方的面前，观察蛇的移动方向，如果蛇向被告方移动，那么他便有罪。这与现代人用章鱼预测世界杯异曲同工。

神判的历史在西方更加普遍，在中世纪依旧比比皆是，最常见的决斗，就是一种解决争端的神判，活着的代表正确。

⑦《艾子杂说》

《艾子杂说》是一本笑话集或是寓言集，不长，共三十九则，不过六千字。虚构了一个叫艾子的人，在春秋时代事齐王，喜欢说些怪话。

传说《艾子杂说》是苏东坡写的，也有许多人怀疑是南宋人的托名，用来嘲讽时事。

鲁迅在《中国小说史略》中对《艾子杂说》评价不低，说中国的笑话集“事多浮浅，又好以鄙言调谑人，诽谐太过，时复流于轻薄矣……惟托名东坡之《艾子杂说》稍卓特，顾往往嘲讽世情，讥刺时病，又异于《笑林》之无所为而作矣”。又说“《世说新语》与其前后”。

飞廉 善走，形如疾风

风神的名字叫飞廉。名字好听，却没什么深意。连起来读“飞廉”二字，就会读出“风”字来，类似远古的拼音。

飞廉长得威风八面，古籍中说，飞廉兽身鸟首，头有鹿角，背有双翅，身有豹纹，还拖着一条蛇尾[1]。这个形象是大型猛禽与大型猛兽的合体，类似西方的神兽“狮鹫”。

我们在电影《哈利·波特》中见过狮鹫的形象，这种神兽最早出现在巴比伦神话里，后来变形为希腊神话里为宙斯、太阳神阿波罗以及复仇女神涅梅西斯拉车的怪物。或许出于对同行的嫉恨，或是鄙视，狮鹫最爱捕杀的猎物是马，甚至是独角兽。而狮鹫的语言像是“尖啸与咆哮的合成，包括许多关于飞行、狩猎、天气及事物外形的描述词”。[2]

中国的飞廉御风而飞，御风者，当然是风的主人。作为风神的飞廉是战神蚩尤的师弟，在蚩尤与黄帝的战争里，当然站在蚩尤的一边。战争的初期，飞廉曾将黄帝的大军

▲ 曾侯乙墓出土的青铜鹿角立鹤

▲ 陕西省神木县高兔村战国墓出土神兽（飞廉）金铸像，鹰嘴鹿角豹纹

①神兽飞廉

《三辅黄图》：“飞廉，神禽，能致风气者，身似鹿，头如雀，有角而蛇尾，文如豹。”

不只是汉语，飞廉的发音，在阿尔泰语系里也是“风”的意思。而鹿与鸟结合的形象从长江流域到北亚草原比比皆是，都与风及速度的寓意相关。这或是这片广大领域共通的神话崇拜形象。

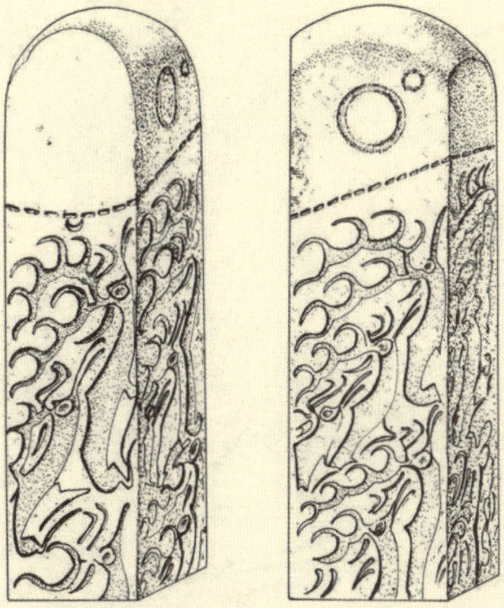

▲ 属于北亚草原萨满文化的鹿石雕刻上鹿角鸟喙的图案

◀ 敦煌壁画上的飞廉形象，头上的角更像“耳朵”

▲ 狮鹫头上有一对“角”一般的耳朵，跟飞廉东西相应

欧洲纹章上的狮鹫图案 ▶

电影《哈利·波特》▶
中狮鹫的样子

②神奇动物在哪里

狮鹫最早的故乡出自亚洲巴比伦神话。在伊朗西部苏萨城遗址出土的5000年前的圆筒印章上就有狮鹫的图案。伊朗神话中狮鹫被称作舍达尔（Shirdal），就是狮子和鹰的意思。波斯神话中的狮鹫被称作呼玛（Homa），它被视作光明和幸运的象征。

我们如今在西方奇幻小说或游戏中常见的狮鹫都叫作格里芬（Griffin），无论欧洲哪种语言，格里芬这个词，都源自古希腊语γρυπ，就是特指巨大的钩状鸟喙。因为欧洲最早关于狮鹫的书面记载就出自古希腊历史学家希罗多德在公元前5世纪的文献。

希罗多德描述了狮鹫主要生活在东方的阿尔泰山脉一带，看守着有大量黄金的宝藏。狮鹫最喜欢的食物就是马，而一个牧马的独眼民族则是狮鹫的死敌——狮鹫一直试图吃马，独眼民族一直试图夺取宝藏。

同样是来自东方守护宝藏的神兽，龙和狮鹫在西方世界的命运截然相反。龙一直被视为邪恶生物，而狮子与鹰却常被当作基督教的象征。中世纪时，狮鹫形象在家族或团体纹章里被广泛应用，最终加冕英国“十纹章兽”之一。

困在凄风苦雨之中，几乎让他们全军覆没[3]。黄帝最终取胜后，飞廉被俘，落得和西方狮鹫一般的下场，被迫给天帝拉车。在《楚辞·离骚》里，屈原曾想象自己上天后，能有天帝般的排场："前望舒使先驱兮，后飞廉使奔属。"前面的"望舒"是月神，就是个打灯笼的；后面的飞廉就是个扫地吹尘的跟班。

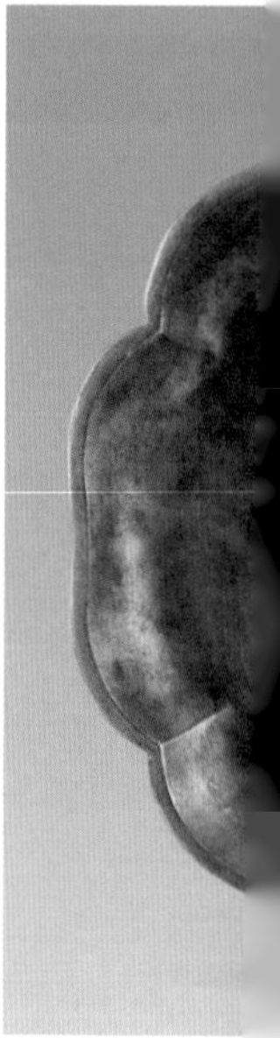

殊不知那时的飞廉早就离开天庭，到民间游荡去了。谁能困住风呢！

尧统领人类时，发现了飞廉的踪迹，当时人们称之为"大风"[4]，一起一落，都惊起风暴，遮天蔽日。尧也是个大祭师，祈祷天帝收服这只"怪鸟"。天帝就派了射神后羿下来，追踪飞廉。

后羿是中国神话中的狠角色，《山海经》中记载，后羿"杀九婴于凶水之上，缴大风于青丘之泽，上射十日而下杀猰貐"。九婴、太阳（三足鸟）和猰貐都是神怪之物，都死在后羿的箭下。但后羿却无法射中飞廉，因为飞廉行动迅捷，所以和飞廉邀战于青丘之泽，飞廉去了才发现自己的威力发挥不得，因为四周都是高起的

▲ 唐鎏金飞廉纹六曲银盘。上面的飞廉更像凤凰身的马头独角兽

③凶星风伯

《离骚》里那句“前望舒使先驱兮，后飞廉使奔属”。王逸注：“飞廉，风伯也。”

《山海经·大荒北经》说：“蚩尤作兵伐黄帝，黄帝乃令应龙攻之冀州之野。应龙畜水，蚩尤请风伯、雨师，纵大风雨。”可见飞廉确是蚩尤的同盟。在后来的道教神怪体系里，飞廉成了蚩尤的师弟。

风伯飞廉还是二十八星宿里的箕星，《诗经》上早有记载“箕星好风，毕星好雨”，民间多有崇拜，却在《紫微斗数》里是凶星，主孤独，遭迫害，恩怨不分，招是非，苦劳多而事功少……看来一朝跟错了老大（蚩尤），黄帝的子孙对其印象一直没有改观。

④后羿缴大风

后羿追杀的凶兽“大风”到底是不是风伯飞廉，是有争议的。有学者认为，大风即“大凤”，邪恶的大凤凰巨翅遮天，故能扇起风暴。

而早在东汉的高诱注《淮南子》里这段后羿事迹时，言之凿凿地说：“大风，风伯也，能坏人屋舍，羿于青邱（丘）之泽缴遮使不为害也。”

写过《博物志》的晋朝人张华，为春秋师旷所写的《禽经》作注说：“风禽，鸢类，越人谓之风伯，飞翔则天大风。”看来，同是风伯飞廉，在北方的形象更趋向于鹿和豹这样的兽图腾；在南方的形象则更趋向于凤凰或鹰这般的鸟图腾。

山林，一时冲突不出，终被后羿所擒。后来人类知道树林可以限制飞廉，称之为“防风林”。

前面说过，没有人能真的困住风。后羿死后，飞廉又在民间游荡了，并成为一个部族的保护神。这个部族的人都称自己是飞廉的后代。

人类也发现飞廉并不那么可怕了，因为察觉了飞廉出没的规律。每年如约而至的季风像是一个从不误时的信使，所以他们管季风叫信风，把飞廉称为天的信使。《河图帝通纪》说：“风者，天地之使。”

民间还把飞廉封为音乐之神。庄子称音乐中的人籁不及地籁，地籁不及天籁。所谓籁，就是风吹洞孔发出的声音。而飞廉正是天籁的演奏者和传递者⑤。所以人类将自己的歌谣也称为“风”，各国的歌谣集在一起，称为《国风》。

接着说飞廉部族的后人。飞廉后人都“善走”，多担当御者（赶车人）和信使。如果要做一个称职的信使，毫无疑问也必须是一个称职的御者⑥。这一职位也造就了中国史上一个著名的词——“御用”。御用，即用于御，为

▲ 壁画上飞行的赫尔墨斯

⑤风，信使及音乐

以风为信使，东西方是一致的。在希腊神话中，神之信使赫尔墨斯(Hermes)也是风神，头和脚踝都有翅膀，以飞行速度著称。

赫尔墨斯是宙斯的儿子，奥林匹斯十二主神之一，除了为宙斯传信，也是旅行者与牧羊人的保护神，同时热爱音乐，是七弦琴的发明者。传说赫尔墨斯出生后不久，就偷走了同父异母的哥哥阿波罗的牛群，等太阳神阿波罗找到自己的牛群时，听见赫尔墨斯正在演奏美妙的七弦琴，不觉入迷，从而原谅了这个莽撞的弟弟。

匈牙利画家阿道夫·希雷米－希斯彻1898年画的《冥河岸边的灵魂》，画中的风神赫尔墨斯在引领亡魂

王的御者，为王前驱。

商朝末年，飞廉后人眼看纣王无道，遂找了个为纣王寻找神石棺的借口，申请退休，隐居于霍太山（今霍山，山西霍县东南），侥幸避过殷商亡国的杀身之祸。这一支后来形成了秦国的嬴氏家族和三晋的赵氏家族（后来开辟了赵国），也是汉人赵姓的祖先⑦。赵国人依然“善走”，我们都知道胡服骑射的故事。

现在我们身边都有一些姓赵的人，但你问问他们自己，他们并不知道自己身上，流着曾经啸鸣九天的风神之血。◉

▲ *汉画像石上的“天子驾六”的车乘，造父为穆天子驾车西巡时，当是如此景象*

⑥飞廉族

史料上最早出现飞廉族，当是《墨子》，上面记载："昔者夏后开，使蜚（飞）廉折金于山川，而陶铸之于昆吾。"

夏后开就是大禹之子启，夏朝的开创者。也就是说，在夏朝之初，就有一支名为飞廉的氏族。这支奉飞廉为祖先和保护神的氏族，看来相当精于采金冶炼。这也不奇怪，如果风伯飞廉真是蚩尤的属下或师弟，那蚩尤作为青铜武器的发明者，想必把冶炼技艺传授给了飞廉。

都说飞廉族善走，但这些族人不像祖先有翅膀，这里善走的意思，应该是善于造车和驾车之术。

⑦秦赵同宗

据《史记·秦本纪》记载，飞廉族在夏朝一直为御者和信使，在费昌这一代，逃离了夏桀，去为商汤驾车去了。

到了商末，飞廉族的一支又在霍太山躲过了周武革命，开始服务于周朝。

周穆王时期，族人中的造父是穆王专属的御者，封大夫。周穆王西巡昆仑，见瑶池西王母，就是由造父驾驭着六骏（一说八骏）打了个来回。归来造父还参与了平叛，立了大功，周穆王将赵城（今山西洪洞）封给了他，从此建立了赵姓，成为赵氏始祖。

周孝王时，造父抚养的侄孙赵非子，善于养马，因功被封至秦（今甘肃天水），成为之后的秦国始祖。

东周春秋时，造父嫡系在晋国发展，后来三家分晋建立了赵国。

河伯

美人鱼传说

河伯是一条美人鱼[1]，确切地说是美男鱼。

传说河伯是鱼尾人身，头发是银白色的，眼睛和鳞片是流光溢彩的琉璃色。虽然是男性，却长得异常俊美，身上有淡淡的水香。

河伯的前身是龙，一种已绝种的龙，古籍称之为应龙[2]。今天我们常说的龙是五百年才成年的角龙，而应龙一千年才成年，而且身有双翅，有聚水之能，勇猛异常。

又要话说当年黄帝与蚩尤大战了。黄帝之女旱魃与应龙是战胜蚩尤的头功，但旱魃受伤堕落成旱魔，应龙也折了双翅，坠落到南方的山泽之中，从此南方多雨。

到了大洪水时代，大禹率领众神与人类治水，特邀请蛰伏的应龙出山。大禹的父亲鲧曾用建大坝的方式治水，结果大坝塌了，殃民无数，被尧杀了。这回大禹治水用疏导的方式，广开水道。应龙那时好像就被叫作河伯了，这次治水当然又成了主力，还献出了自己的宝物——河图[3]，

◀ 鲛人的古版画

①美人鱼

中国古代称鲛人。晋朝干宝的《搜神记》记载："南海之外，有鲛人，水居如鱼，不废织绩，其眼泣，则能出珠。"是说鲛人在水里还织绢，大概是因为绢是半透明的缘故，所以有曹衣出水的说法。还说鲛人滴泪成珠。《太平御览》里有小说家言："鲛人从水出，寓人家，积日卖绢。将去，从主人索一器，泣而成珠满盘，以与主人。"这种功能简直了不得，人类向来贪心，鲛人怀璧其罪，难怪如今灭绝了。

②龙的进化史

说河伯便是堕落的应龙，可不只是巨大的猜想，还是将纷杂的"水神"系统合流。

中国神话的水神多是龙蛇相，比如共工，人面蛟身。而河伯的传说则是人面且驾龙。河伯本叫冰夷（后叫冯夷），《搜神记》说他是溺死之亡魂，被天帝封为河伯，听起来远没有黄帝封应龙"司黄河、江、汉、淮、济之水"靠谱。《拾遗记》还有一说，在尧时代，大禹的父亲鲧，治水失败，沉于羽渊，化为河伯。鲧有说是"共工"的叠音，实为一人。鲧字的本义是大鱼，但也有说他死后化黄龙的……最终我们如今的民间都相信，水神庙就是龙王庙。

按《述异记》的说法，应龙在龙族谱的金字塔顶端。龙的初级阶段也就是最底层时，叫虺，更类似大蛇，但有成龙的初心。虺修五百年可称蛟。

▲ 南宋画家陈容所绘的《墨龙图》

蛟是水王，所谓水从蛟，云从龙，蛟要想成为入云龙，就要再修个一千年，逢打雷下雨就出水起跳，沐浴雷电……方可成龙，成龙之后五百年，头上才能长出双角，是为角龙。我们一般所说的四海龙王也就是角龙阶段。角龙千年，有机会长出双翅，成为最高阶级的应龙。

《山海经·大荒北经》：应龙已杀蚩尤，又杀夸父，乃去南方处之，故南方多雨。

《太平广记》：禹治水，应龙以尾画地，导决水之所出。

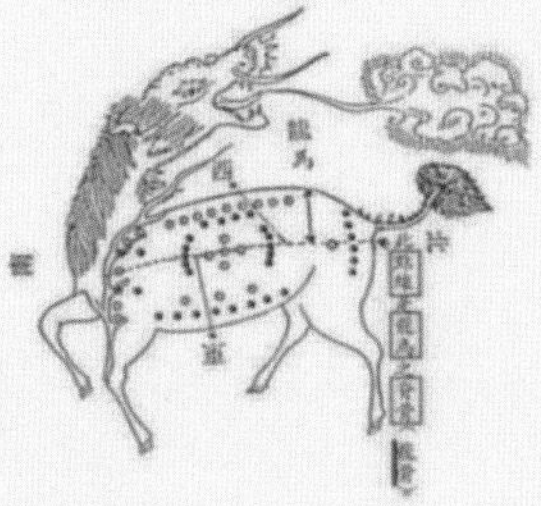

③河图

河图洛书并称，是中国神秘文化的源头之一，说其中藏着万物衍生的秘密。

《易·系辞上》：“河出图，洛出书，圣人则之。”

汉朝的孔安国说：“《河图》者，伏羲氏王天下，龙马出河，遂则其文以画八卦。《洛书》者，禹治水时，神龟负文而列于背，其数至九，禹遂因而第之，以成九类。”本文取的河伯献河图的传说，神龟或是河伯所差。还有一说，所谓河出图，洛出书，是河伯献河图，洛神献洛书。

亲自用尾在地上划出江河，引水入海。

或是应龙没有完全按总设计师大禹的图纸施工，开错了一条江，终被大禹给杀了，尸体扔到了江里。后来大家应该猜到了，尸体入水变成了美男鱼。

大洪水后的河道大多是应龙划开的，所以死后化身的美男鱼，继续做河神。河伯的风仪，屈原是很仰慕的，他在《九歌·河伯》里，描述了河伯与洛神婚前的相恋："子交手兮东行，送美人兮南浦。"④

洛神是河伯属下的小河神，从理论上说，洛神是真正的美人鱼，夜晚会在水面上凌波微步，不想被三国时的曹植见过一次，写下了《洛神赋》⑤。

河伯和洛神的婚姻仿佛并不美满，因为洛神是个文艺女青年（跟海的女儿有点像），整日忧伤叹息，那情调真不是河伯所能理解的。某一日，洛神又去河岸边叹息，她的幽怨神情，已经成为中国神话界最经典的形象⑥。不想这声叹息被另一个幽怨的人听见了。

这人正是被天帝流放、被嫦娥抛弃的后羿。一位是失落的绝代佳人，一位是失势的盖世英雄，两人一下就碰出了火花。

④楚辞里的河伯

屈原在《九歌》里有河伯的专章。《九歌》是楚人祭祀的巫歌，唱给他们崇拜的神灵。楚人的神有旖旎的人格，巫觋（女男）对唱，犹如男女相悦。《河伯》里就是河伯与洛神携手共游，波涛迎接，鱼儿陪伴……说的是他们曾经的爱情。

⑤ 洛神赋

曹植的名篇，传说是写出来隐喻他暗恋的嫂子甄宓。自此常有人将洛神与甄宓混同。这也算文学的力量。

武侠小说家大爱此赋，金庸的“凌波微步”取自其中；梁羽生最爱用“翩若惊鸿，婉若游龙”形容剑法或身法。

《洛神赋》还成就了美术史上的最高瑰宝之一——顾恺之的《洛神赋》长卷，甚至可说是连环画的鼻祖。

⑥伤感女神的经典形象

《洛神赋》：“徙倚彷徨，神光离合，乍阴乍阳。竦轻躯以鹤立，若将飞而未翔。践椒涂之郁烈，步蘅薄而流芳。超长吟以永慕兮，声哀厉而弥长。”

河伯很快发现了妻子的外遇，化身为一条巨龙去找后羿的麻烦。那后羿岂是好惹的？张弓搭箭就射瞎了绝世美男的一只眼睛。河伯跑到天界去告状，那天帝懒得理这些家务事，却责怪河伯不该变成一条巨龙，“你不知道后羿是神话界打怪升级的第一人吗？我的九个儿子（太阳）都是被他射死的”。[7]

河伯从此一蹶不振，身心俱创，与洛神之间有名无实。爱戴河伯的诗人屈原，是坚决站在河伯这边的，他在《天问》中质问后羿：你凭借着武力，就该抢别人的妻子吗？（胡射夫河伯，而妻彼雒嫔？）

没有夫妻生活及落下残疾的河伯，心理有些扭曲了，再三掀起水患，让民间奉献处女给他享用，落了个好色之名。到了今天，人们知道最多的，就是“河伯娶妇”[8]这个借河伯之名进行的系列谋杀案，河伯沦为西门豹光环后的背景。

其实西方的美人鱼也是好色的[9]，她们在海面上唱歌，犹如洛神的叹息，诱惑着世人。只是折翼的天使河伯的确太不懂风情了。

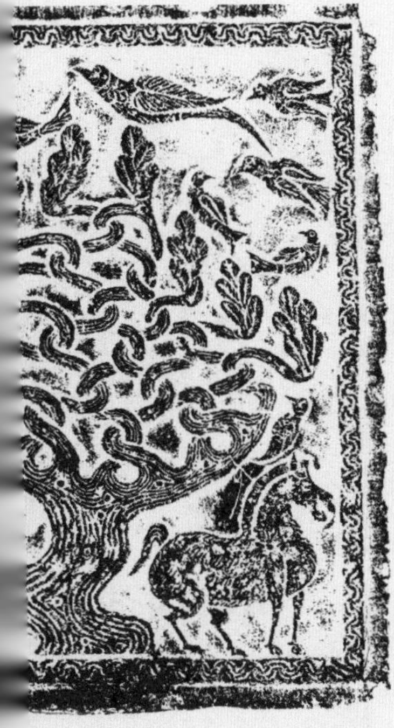

◀ 汉画像砖上的后羿

⑦后羿的插足

古籍中没有明确描述这一过程，只在屈原《天问》里有一句“胡射夫河伯，而妻彼雒嫔？”说明后羿不仅射伤了河伯，还抢了洛神做妻子。

王逸为《天问》作注，引了一段话说之后的故事：“河伯化为白龙，游于水旁，羿见射之，眇其左目。河伯上诉天帝，曰：‘为我杀羿。’天帝曰：‘尔何故得见射？’河伯曰：‘我时化为白龙出游。’天帝曰：‘使汝深守神灵，羿何从得犯？汝今为虫兽，当为人所射，固其宜也，羿何罪欤？’”天帝不仅幽默，也不爱管诸神的家务事。

袁珂先生整理神话传说，将后羿与洛神解释为邂逅的自由恋爱。

⑧河伯娶妇

此文实为司马迁《史记·滑稽列传》中的“西门豹治邺”一章。后来常被我们当作反迷信的事迹。

先秦一直有“以女妻河”的献祭风俗。也有一种说法，《九歌·河伯》说的不是河伯与洛神，而是一个献祭给河伯的人类新娘，想象着与河伯新婚携手畅游的场景。

《奥德赛》里奥德修斯智斗塞壬的古希腊瓶画，塞壬还是鸟身。

⑨美人鱼的诱惑

西方的美人鱼用歌声诱惑水手的传说，可能源自古希腊神话里的塞壬（Siren），但塞壬在《荷马史诗》的描述里，更像海鸟，是人面鸟身。

后来美人鱼的诱惑的形象，在莱茵河女妖罗蕾莱(Lorelei)那里获得完整。据德国传说，罗蕾莱是莱茵河神的女儿，白昼潜伏水底，有一条鱼尾，夜间出来高坐在礁石上，她迷人的歌声随风吹入船上水手的耳中，水手们便会迷失了本性，追歌而去，直到船撞在礁上粉碎而死。

英国古典主义画家赫伯特·詹姆斯·德雷珀所绘的奥德修斯与塞壬，塞壬已经呈现出美人鱼的形态。

九尾狐　德至鸟兽，则狐九尾

九尾狐

大禹的父亲是人类眼里的凶神，他的妻子也是后世心目中的妖邪——九尾狐。

《山海经》里记载，“青丘[1]之山，有兽焉，其状如狐而九尾，其音如婴儿，能食人，食者不蛊”。是说这九尾狐是狐狸精中的狐狸精——狐狸一百年后成精，之后每过一百年就会多生出一条尾巴，至九尾时，历九百年。“食者不蛊”的意思是，人类如果吃了九尾狐的肉，就不怕任何巫术的侵害及诅咒。但九尾狐却吃人类的肝脏，因为九尾狐在千年之后，吃够一百个男子的肝脏就会化为人类。

《吕氏春秋》里记载，大禹治水时，已经年过三十，怕因年纪大了误了传后，就放出话来，说帝舜座下的杰出青年大禹要寻觅伴侣啦，结果夜晚有一只九尾白狐造访。大禹认为与九尾狐相伴，百邪不侵，于是娶了涂山[2]氏女——女娇。当时涂山人歌曰：“绥绥白狐，九尾庞庞。成于家室，我都攸昌。”

《山海经》明代版画中的青丘九尾狐 ▶

①青丘

青丘在中国神话里可是一个重要的故事（或史实）发生地。按时间顺序，先是黄帝与蚩尤大战，“蚩尤登九淖以伐空桑，黄帝杀之于青丘”。后来尧时代，后羿“缴大风于青丘之泽”。凶兽大风应该就是风伯飞廉，传说是蚩尤的师弟，它留在青丘更像是为蚩尤守陵。到了大禹时代，大禹治水的足迹一路向东，经“青丘之乡、黑齿之国”。

在《山海经》里，描绘青丘有两大特产，一个是青雘（音获），就是青色的矿物颜料，青丘之名应由此而来。另一个就是九尾狐。

青丘的地理位置肯定在东方，几经学者论证，多倾向于在今天的山东菏泽一带。因为菏泽的确有蚩尤墓，还有山东多有与青有关的地名，比如青州、青岛……在五色之中，东方属青。

中国古代的地理多与天文相对应，比如东方青龙七宿，每一宿都对应地面的州郡，还与一动物对应，如尾火虎、房日兔、心月狐等。心宿是青龙之心，对应的地面就是宋国，正是河南的东部、山东西部的菏泽一带；对应的动物正是狐狸（心月狐）。有学者猜测，说明菏泽所在古国的图腾崇拜应该就是九尾狐。也有人认为青丘只是连绵复杂的山势，其形状类似九尾狐，还有“青丘之泽”杂于其间……偏这些猜想都能与菏泽相符，那不正是著名的八百里水泊梁山吗。

▲ 明代画家仇英在其《帝王道统万年图册》中绘制的大禹治水的景象

②涂山在哪

中国有许多叫涂山的地方，都在争自己才是“大禹治水”里那个真正的涂山。

为什么要争？因为涂山是中华文明中一个阶段的重要起点。我们总说华夏，这个夏就从涂山滥觞。夏后氏的大禹（人称夏禹）在涂山会盟，才成为真正的天下盟主。

大禹能做盟主，与娶了涂山氏女（女娇，传说中的九尾狐），获得整个涂山氏族的鼎力支持有莫大关系。那么这个涂山到底在哪呢？

一说青丘。在山东菏泽有一座旧称涂山，今叫土山集的地方，当地人认为这便是大禹与女娇相遇的地方。涂山只是青丘群山里的一座，那么遭遇九尾狐就顺理成章了。

一说濠州。濠州就是今天安徽凤阳、怀远，春秋战国时期，这里是钟离国，后因濠水得名。最早西晋杜预注《左传》时说 “涂山在寿春东北”。后来的《凤阳府志》说得更细：“涂山在怀远县东南八里，高 213 丈。山前有禹会村。”

一说江州。江州就是今天的重庆。《后汉书・郡国志》引西晋杜预注《左传》云：“巴国也，有涂山，禹娶涂山。”西晋常璩《华阳国志》云：“禹娶于涂山……今江州涂山是也。”

一说会稽。会稽就是今天的绍兴。最早见于东汉袁康《越绝书・记地传》：“涂山者，禹所娶妻之山也，去（会稽）县三十五里。”《国语・鲁语下》：“昔禹致群神于会稽之山，防风氏后至。禹杀而戮之，其骨节专车。”神话学家袁珂由此认为：“据此，则涂山即会稽山。”

这四说之外，也有说涂山在河南偃师的，也有说涂山即嵩山的……不一而足。当然，有学者说大禹娶涂山氏的涂山，与后来会盟诸侯的涂山，并不是一处，后来被混为一谈……但是果子多几个也不够分，笔墨官司打了千年还会打下去的。

这涂山氏就是九尾狐化人后繁衍的部族。后来《聊斋志异·青凤》里的狐翁就自称“我涂山氏之苗裔也。唐以后，谱系犹能忆之；五代而上无传焉”。《影谈·洛神》里的狐精则不无骄傲地说：“我涂山曾祖姑，嫁得神禹。”

话说大禹娶妻后三天，就投入轰轰烈烈的治水运动中，三过家门而不入。《淮南子》里说，大禹开河道时，变身为熊，正碰到女娇送饭前往，惊见丈夫化熊，惭愧而逃，逃到嵩山下，化为石像[③]。大禹追至，知道女娇怀有身孕，大喝：还我儿子！石头向北破开，内有一婴，正是以后夏朝的开创者——启。

我一直不明白，女娇自己都是怪兽，为何会为丈夫化熊而惭愧呢[④]？后来见梦茗先生说，他一直也想不通《封神》里女娲为什么派九尾狐妲己破坏商朝的气运，但他看到了传说是曹丕写的《列异传》里的一篇文章，说有一对雉鸡，名为陈宝，得雄者王，得雌者霸[⑤]。原来所谓的王者之气，就是一对雉鸡。梦茗先生推断，纣王有帝王之气，背后有陈宝追随，江山永固。但是妲己来了，陈宝（雉）最怕狐狸，于是离去，纣王的王气就消失了。

同理，大禹治水有成，有帝王之气，雉鸡（陈宝）来追随左右，两者相得益彰。大禹害怕妻子九尾狐吓跑雉鸡（王气），所

▲ 安徽的涂山望夫石

③女娇化石

中国一直有望夫石文化。各地都有望夫石名迹，都说是贞洁的女子遥望远走不归的丈夫，立而化石。最早的传说就落到了女娇这里。

安徽怀远就有涂山望夫石，说是女娇所化。大禹治水三过家门而不入，女娇确是在涂山的南面日日盼望着丈夫大禹的回归，嘴里唱叹着一首歌谣，只一句词，“候人兮猗！（我等的那个人呀……）”反复诵咏。

但女娇化石并不是望夫，而是决绝的逃离。大禹变成一头大熊开凿河道，被送饭女娇看见，又羞又怒，转身奔逃。大禹在后面追，一直追到嵩山，抓住女娇的一瞬，女娇变成了石头。这是中国神话里极其少见的场面，惊心动魄，堪称经典悲剧的一瞬。可惜的是中国的艺术家没有挖掘这其中震惊、误解、追逐、绝望等极致情绪的碰撞，不然可以创作出不亚于《阿波罗和达芙妮》(*Apollo and Daphne*) 这样震撼的名作。

④女娇为何离去?

为什么大禹变成了一头大熊，女娇就羞怒地离去?有学者用人类学的方法做了解释。

当年大禹迎娶涂山氏女娇，其实是入赘，所以才获得了涂山氏鼎力的支持。甚至名臣皋陶都有可能是涂山氏某支的领袖。所谓大禹变熊，不过是在工地上打起了绘有大熊图腾的旗帜。大禹是有熊氏黄帝的后人，图腾是熊。但既已入赘，就该奉涂山氏的九尾狐为图腾，重

◀ *贝尼尼的《阿波罗和达芙妮》，凝固了达芙妮即将变成月桂树时的一瞬。太阳神阿波罗被爱神丘比特射了爱情之箭，疯狂地爱上河神的女儿达芙妮。而达芙妮却被丘比特射了驱爱之箭，只会讨厌阿波罗。一个追逐，一个逃离，就在阿波罗抓住达芙妮的一瞬，达芙妮变成了一棵月桂树。悲伤的阿波罗用月桂树的枝叶做成了自己的桂冠。*

张旧帜，无异于毁盟背叛。女娇去送饭，看到工地上的一幕，会觉得自己乃至家族被利用和欺骗，愤而离去。

⑤宝鸡的由来

《史记·秦本纪》文公："十九年，得陈宝"。

《列异传》和《东周列国志》里面说得更细：说陈仓人猎得一兽，似猪而多刺（豪猪？），击之不死，不知其名，欲牵着献给秦文公。路间遇二童子，指着豪猪说："此兽名叫'猬'，会钻到土里，吃死人脑髓，如果猛击它的脑袋就能杀死。"那叫猬的豪猪突然也说人话："此二童子乃雉精，名叫'陈宝'，得雄者王，得雌者霸。"二童子被说破，化为野鸡飞去。其雌者，落在了陈仓山（今宝鸡市），化为石鸡。再看那豪猪，也不见了。猎人惊异，奔告秦文公。文公立陈宝祠于陈仓山。

这就是陕西宝鸡市建城的由来。按着这个预言，秦国的确最后称王称霸了。

《史记·封禅书》云："文公获若石云，于陈仓北阪城祠之。……以一牢祠，命曰陈宝。"著名考古学家苏秉琦先生认为："所谓'陈宝'，原不过'流星''陨石'特神乎其说也。"

北魏郦道元在《水经注·渭水》也说，所谓陈宝，只是一块陨石，它在某晚从东南方向坠落在陈仓北阪，陨石在寂静的夜晚坠落，惊起了一山的野鸡乱叫，人们不理解这一自然现象，故曰："鸡鸣神土"，文公遂立陈宝祠。

无论如何，陈宝祠都是宝鸡市的"文化之根"，但不知是不是当年"破四旧"过狠的缘故，现在宝鸡市里一座像样的（文物级）陈宝祠都没有。

以三过家门而不入，甚至也不管妻子已经怀孕。但是涂山氏女娇不知道，还想送饭给丈夫，可是大禹变成熊（或许不是熊，而是他父亲那样“其状如虎而犬毛”的凶兽梼杌），这也是狐狸比较害怕的种类。她不敢靠近，只远远地看着，当她发现雉鸡的时候，终于明白为什么丈夫会三过家门而不入了。跟聊斋里面的为爱情而活的狐狸一样，九尾狐的心死了，为曾经的爱情感到羞愧，最终化身岩石，但还是为大禹生育了夏启。

也有学者认为，九尾狐的尾，喻指生殖器，所谓交尾即是交配、发生性关系。所以“九尾”是象征性能力旺盛、生育能力强。九尾狐其实是一种生殖崇拜的图腾，正如涂山人歌唱的那样。所以在隋唐时期，狐仙被人设庙参拜，十分流行。《朝野佥载》说：“唐初以来，百姓多事狐神，……当时有谚曰：无狐魅，不成村。”

九尾狐最晚在北宋初期就已被妖化了[⑥]。宋《侯鲭录》里说：“钱塘一官妓，性善媚惑，人号曰九尾野狐。”“狐狸精”的丰富内涵，最早出自这里。

现在我们知道为什么红颜可以“倾国”了，男人们相信她们赶走了“王气”。

汉画像石里的九尾狐 ▶

⑥九尾狐的堕落

现存先秦典籍中，狐往往作为吉祥、有德的象征。如《周易·解》："九二，田获三狐，得黄矢。贞吉。"《礼记·檀弓》："狐死正丘首，仁也。"《文子·上德》："狐不二雄。"《说文解字》："狐……有三德，其色中和，小前大后。死则丘首。"从获狐则"贞""吉""仁""不二雄"，有"德"等可见，狐为有德之兽。

汉代石刻画像及砖画中，常有九尾狐与白兔、蟾蜍、青鸟并列于西王母座旁，以示祯祥。

《史记·陈涉世家》记载着秦朝末年，陈胜命士兵把火放到笼中晃动，伪装鬼火，装狐狸叫："大楚兴，陈胜王。"由此可见当时已经有了狐是兴亡的灵兆。

西汉刘歆在《西京杂记》一书中说，广川王刘去疾喜爱挖掘古墓，有一次挖掘春秋名将栾书的坟墓，发现坟墓内有一只白狐，就追了过去并刺伤白狐的左脚。当晚广川王梦见有一位白发白须的老人来责问

日本古版画中妲己像，与九尾狐相依

◀ *葛饰北斋所画的浮世绘《三国妖狐传》里的九尾狐*

他，并用手杖打伤他的脚。这可能是最早记载狐仙转化为人（男人）的故事了。

大汉兴楚风，《楚辞·天问》里直问禹："焉得彼嵞山女，而通之于台桑？"（你怎么遇到了那涂山女，与她交媾在台桑？）这段婚事过于著名，涂山女（九尾狐）在民间逐渐演变为了高禖神——即司婚姻、爱情和生育的爱神了。

与希腊罗马的维纳斯一般，爱神的性格也变得有些不那么检点了。东晋郭璞《玄中记》提道："狐五十岁，能变化为妇人，百岁为美女，为神巫，能知千里外事。善蛊魅，使人迷惑失智。千岁即与天通，为天狐。"

唐代张鷟在《朝野佥载》一书中，说唐初以来，老百姓大都有供奉狐仙，当时有一句谚语说："无狐魅，不成村。"意思是说，几乎每个村庄都有生殖崇拜的狐仙庙。狐仙的传说在唐代最为盛行，宋朝《太平广记》有十二卷在记载狐仙事迹，唐代占了十分之九，就可证明此事。

白居易在《古冢狐》中把狐之魅惑与妲己相联系，他说："古冢狐，妖且老，化为妇人颜色好……忽然一笑千万态，见者十人八九迷……何况褒妲之色善蛊惑，能丧人家覆人国。"妲己是九尾狐狸精的说法，随着白居易的影响，传到了日本。日本《本朝继文粹》收有江大府卿写的《狐媚记》，其中就说"殷之妲己为九尾狐"。

宋朝之后，狐狸精的仙气就所剩无多，妖气更甚，多形容妖媚的坏女人了。明清小说里，狐狸精多少遗留了些爱情的暖意。

狐仙文化在日本诞生了稻荷神。稻荷神原本是日本的农业神，其原型就是狐狸。当今日本共有神社 8 万多座，只稻荷神社就有 3.2 万座，其中以京都伏见区的伏见稻荷大社最为古老，是全日本稻荷神社的大本营。

美女蛇

从魅惑蛇妖到爱情女神

最美丽的妖精美人鱼和狐狸精我都已经写过了，这回出场的是同样艳帜高张的美女蛇。

鲁迅的文章《从百草园到三味书屋》里有一段说到美女蛇：

长妈妈曾经讲给我一个故事听：先前，有一个读书人住在古庙里用功，晚间，在院子里纳凉的时候，突然听到有人在叫他。答应着，四面看时，却见一个美女的脸露在墙头上，向他一笑，隐去了。他很高兴；但竟给那走来夜谈的老和尚识破了机关。说他脸上有些妖气，一定遇见“美女蛇”了；这是人首蛇身的怪物，能唤人名，倘一答应，夜间便要来吃这人的肉的……结末的教训是：所以倘有陌生的声音叫你的名字，你万不可答应他。

民俗学家研究美女蛇时，当然要研究中国最有名的美女蛇——白素贞[①]，得出的结论是《白蛇传》的传说源于印度这个耍蛇的国度，并说英国作家济慈《拉弥亚》中的

传统年画《白娘子水漫金山》▶

①从色戒到爱情

《白蛇传》与《牛郎织女》《孟姜女哭长城》《梁山伯与祝英台》一起，被誉为四大民间传说。但《白蛇传》的故事成型最晚，最早见于明代冯梦龙的《警世通言》第二十八卷《白娘子永镇雷峰塔》。故事里，白娘子虽不曾戕害生命，总归是贪恋红尘的妖，被法海镇压后，男主许宣彻悟出家，死后留下色即是空的警世偈子。

清代初年黄图珌的《看山阁乐府雷峰塔》，是现存最早流传的戏曲本子，只写到白蛇被镇压在雷峰塔下。二十余年后，出现的《雷峰塔》（梨园旧抄本，可能是昆曲艺人陈嘉言父女所作，现存本曲谱已不全），是广为流传的本子，已有白蛇生子的情节。至此，蛇精故事已由诱惑的妖怪变成了有情有义的女性。

清朝乾隆年间，方成培改编了三十四出的《雷峰塔传奇》（水竹居本），共分四卷，第一卷从《出山》《收青》到《舟遇》《订盟》，第二卷有《端阳》《求草》，第三卷有《谒禅》《水斗》，第四卷从《断桥》到《祭塔》收尾。《白蛇传》故事的主线纲架自此大体完成。这出戏的本子，在乾隆南巡时被献上，名声大噪，使得社会各个阶层的人，无人不知《白蛇传》的故事了。

从明代小说，到清末的戏曲里，男主本都叫许宣，到民国时才改称许仙，一直流传至今。

印度故事，于公元 2 世纪传到希腊和中国，于 12 世纪传到西欧，而冯梦龙的叙述只不过是济慈笔下的“拉弥亚”故事在中国的异文。[2]

殊不知中国的美女蛇无须进口，最古老的美女蛇就是人类始祖女娲。《山海经·大荒西经》郭璞注：“女娲，古神女而帝者，人面蛇身，一日中七十变。”这个形象和鲁迅小时候听到的美女蛇一样，鲁迅后来在他的小说《补天》中，用少见的旖旎笔调描绘了这位美女蛇始祖：

“伊在这肉红色的天地间走到海边，全身的曲线都消融在淡玫瑰似的光海里，直到身中央才浓成一段纯白。波涛都惊异，起伏得很有秩序了，然而浪花溅在伊身上。这纯白的影子在海水里动摇，仿佛全体都正在四面八方的迸散……”[3]

人类的诞生总是与蛇有关，在圣经里人类也是因为蛇才来到人间的，而且总是和女人相关。《诗经》之“维虺维蛇，女子之祥”的句子，就将梦中出现了蛇，看作生女的吉兆。[4]

但人类总是对美丽至极的女性有戒心，正如魅力的

◀ *汉画像石上人首蛇身的伏羲女娲像，左首为女娲*

②白蛇的缘起

一般说《白蛇传》故事的起源，总会推溯到唐传奇。

唐代传奇小说集《博异志》中有《李黄》（又名《白蛇记》）一篇，讲述的就是关于白蛇的故事，后来收录在宋代人编纂的《太平广记》里。男主李黄，陇西人士，官宦人家。一日，见路边牛车里坐一妇人，“白衣之姝，绰约有绝代之色”，惊艳之余便去搭讪，才知白衣娘子是个寡妇。两人互通眉眼，李黄竟跟去了寡妇郊外的家……当然成就了好事，一连三日方归。回家便一病不起，仆人觉其身上皆是腥气。不久身死，家人掀被子一看，仅剩头，下身化为脓水矣……差人去郊外寻那白衣寡妇的院子，只有一个大皂荚树，周围的村人说，这树上曾住过一条大白蛇。

《白蛇记》的故事过于简洁，且发生在长安，所以宋代话本《西湖三塔记》才更像《白蛇传》的源头。

《西湖三塔记》的男主奚宣赞（奚宣赞逐渐演变为许宣，又演变为今日的许仙）。说这奚宣赞二十余岁，淳熙年间（1174—1189 年）某个清明节，于西湖边救下了一个走丢的小丫头，姓白，小名唤卯奴。很快卯奴的家人来领人，乃一鹤发鸡皮的老妪。老妪感谢奚宣赞，便邀他到家里做客。奚宣赞去了白府，才知白府的主人是一孀居的白衣寡妇，长得“绿云堆发，白雪凝肤。眼横秋水之波，眉插春山之黛。桃萼淡妆红脸，樱珠轻点绛唇。步鞋衬小小金莲，玉指露纤纤春笋”……既是答谢，自是少不了一番宴饮。只见那白衣娘子谈笑风生，在案上压一年轻男子，持刀割取心肝，吃一半还分给奚宣赞一半，直吓得奚宣赞魂不附体。宴饮之后，白娘子道：“我今丈夫又无，情愿将身嫁与宣赞。”奚宣赞哪敢不从？如此住了半个月，搞得奚宣赞是面黄肌瘦……好在有卯奴帮助，终于逃跑成功。却说奚宣赞

英国画家约翰·威廉姆·沃特豪斯在1905年绘制的《拉弥亚诱惑士兵》。在希腊传说的版本里，拉弥亚本是宙斯的情人，因被天后赫拉诅咒，变成了半人半蛇的怪物。痛苦疯狂的拉弥亚为了复仇，化作美貌的女子诱惑男子，然后吸血吞噬。

有一个在龙虎山修道的叔叔，正好下山，大展神威，把白家三口，打回原形——卯奴是乌鸦、老妪是獭、白娘子是条白蛇，镇压在西湖三塔（即三潭印月）下。

但唐宋之前，对中国志怪文化影响至深的事件，便是东汉时佛教的传入。使得人鬼之间的暧昧都成了神魔之间的角力，总藏着一个教化或悟道的面目，所以赵景深先生在《弹词考证·白蛇传》（商务印书馆1938年版）里认为，《白蛇传》有更早的原型，源自印度。英国诗人济慈根据希腊传说写的长诗《吕美亚》（*Lamia*，又译“拉弥亚”，讲的是一个蛇妖化人与美男子恋爱，而被一个智者揭破的故事），便是从印度传至西方的《白蛇传》的异文。

③鲁迅之《补天》

鲁迅在1922年11月创作了《不周山》，作为短篇小说集《呐喊》的压轴之作，后来把它收到《故事新编》时，将其改名为《补天》。

《故事新编》是鲁迅小说集里的异数，诡秘的脑洞、跳脱的思维、瑰丽的语言……但鲁迅自己似乎并不满意，说“那时的意见，是想从古代和现代都采取题材，来做短篇小说”，却“从认真陷入了油滑”。所谓油滑，就是鲁迅忍不住说的一些影射时局的怪话，偏这些怪话今天依旧生动。

小说里性感裸体的女娲，觉得无聊，才创造了人，感受着新奇和创造者的喜悦。但是不久，她发现，在她胯间出现了一个小人在嘀嘀咕咕告状，说别人的坏话。大概人都喜欢做这种事。女娲心里就烦了，我怎么造出这样自私的、猥琐的东西呢？顿时一种无聊感袭上心头，不想造人了。但人间大难，女娲还是出来救世，直到身死……她刚死，就有一彪人马来了，打着一个旗号——女娲之嫡系，在她的肚皮上安营扎寨。因为那里脂肪最多，是最丰腴的地方。好像有点滑稽，细细一想，又透出残酷：女娲是人类之母啊，人却连她的死尸都要利用，还打着“嫡系”即所谓忠实的继承者的旗号。小说开头的壮阔场景、绮丽色彩，全都转为荒诞，荒诞背后有一种说不出的悲凉。

◀ *衔尾蛇图案在炼金术等玄学中频繁出现*

④蛇的符号学

许多宗教、神话和文学中，蛇很多时候都代表丰产或者创造生命的力量。因为蛇可以蜕皮，故而也成为再生、转化、不朽和治愈的象征。衔尾蛇是一个自古代流传至今的符号，大致形象为一条蛇（或龙）正在吞食自己的尾巴，结果形成出一个圆环，是一种宇宙循环观的精神体现。北欧神话中，耶梦加得是一条非常庞大的衔尾巨蛇，围堵了整个人类世界。

在亚伯拉罕诸教中，蛇象征着性欲。根据犹太教传统，在伊甸园中的蛇确实是性欲的象征。

在印度教中，昆达里尼是一条蜷曲的蛇，被认为一种有形的生命力，是性力的来源。

在佛教中，蛇会被当作寺庙或者神圣地的守护者目真邻陀。传说佛陀开始在菩提树下冥想静坐时，天黯七日而有暴雨，于是目真邻陀从地底生出，守护在佛陀身边。

◀ *卢西恩·利维·杜默(1865—1953)的《夏娃》。画中夏娃与蛇对视，手持禁果*

在中国，蛇被当作龙的低阶存在方式。所谓伏羲女娲人首而蛇身，不如说是龙身，如此才能理解“龙的传人”中的含义。

“魅”字的原意正是引诱的魔鬼。西方的美女蛇美杜莎[5]的名字，后来便有“致命诱惑”的意思。这也是为什么长妈妈告诫少年鲁迅，“倘有陌生的声音喊你的名字，你万不可答应他。”

民间相信这些有魅力（或是有魔力）的事物都是有巫术的，但巫术施与某人必须知道某人的名字。自己的名字被魔鬼知晓，很可能在冥冥之中自己的命运和灵魂会被其他人所主宰[6]。比如《搜神后记》里记载：东晋时的贵公子周子文喜欢打猎，常入山间，忽然，山岫间转出一巨人，白如霜雪，手执弓箭，出声唤曰：“阿鼠！”（周子文的小名）周子文不觉应道：“喏。”此人便牵弓指向周子文，周子文便失魂而倒……这种情景和现代漫画《死亡笔记》何其相像。

对美女蛇的戒心，到了明朝冯梦龙那里，已化身为法海，成了世人眼里的笑话。我现在终于明白历史学家为什么总是说明代是资本主义的萌芽期，因为那时已经有“祛魅”的现代性了。那时的人就对美女蛇（诱惑）坦然了。

现代的孩子更加无所畏惧，他们如果听了长妈妈的故事，会叫喊：神啊，多赐些美丽又痴情的妖精吧！

▲ 贝尼尼雕刻的美杜莎，满脸的哀伤

⑤美杜莎

美杜莎是一个彻头彻尾的悲剧。

美杜莎本来是雅典娜的神庙的女祭司。雅典娜是希腊诸神中，唯一有禁欲气质的大神，所以她的女祭司一生要保持贞洁。

美杜莎长了一张美丽至极的脸，被海神波塞冬看中了。海神意图用强，美杜莎跑进雅典娜的神庙内祈求庇护，但还是被波塞冬变成的大鸟在神庙内夺去了贞洁。

雅典娜看见了自己的祭司在自己的神庙内，竟然与动物交合（雅典娜应该没有意识到那鸟竟是自己的叔叔波塞冬）……大为震怒，下了一个诅咒——凡是看到美杜莎脸的男人都会变成石头，而美杜莎的头发都变成了一条条蠕动的蛇。从此变得吓人的美杜莎被放逐到冥界的尽头，最后被希腊英雄珀尔修斯杀死，砍下头颅。

⑥姓名的巫术

巫术的本质就是关联术，强调种种关联。比如一个人的姓名与灵魂和命运的相联。

古今中外，都有有关姓名的咒术，原理类似。旧时乡野间的孩子只取小名贱名，正式名字入了学堂或入籍入族谱时才取，只说为了好养活。因为那时孩童的夭折率太高，被理解为孩子或是受了敌人或恶鬼的诅咒。如果孩子没有正式的名字，诅咒将无从下手。

《西游记》里最幽默的场景之一，就是银角大王手持紫金红葫芦，问孙悟空：“我叫你一声，你敢答应吗？”孙悟空编了一系列假名，应对自如。

凶

巨人 幻化的创世传说

中国神话里最有名的巨人，就是夸父。

夸父忽然动了念，要追上太阳。也不怪夸父心比天高，因为夸父的身形实在太高了，才生了把太阳摘下来的心。《山海经》里没说夸父具体有多高，但说在漫长的狂奔中，越发接近太阳的炙热，夸父身体大量脱水，路上竟然喝干了渭水黄河，本想奔到下一站（大泽）去补水，结果还没跑到就渴死了。夸父的身体化作了山脉，手杖化作了漫山遍野的桃林……这是一种修辞，如果连手杖都能成千里果林，那夸父到底得多高呀。[1]

古籍里也出现过有具体身高的巨人，比如《山海经》里的龙伯，“长三十丈，生万八千岁而死”；比如《史记》里的防风氏，“长三丈三”，以至于吴国伐越时，拆会稽城，挖出了巨大的人骨，而感到惊异，专门派使者去鲁国请教孔子，博学的孔子说，这便是当年大禹会盟时，诛杀的防风氏之遗骸[2]。这些巨人显然都没法跟夸父相比，而

明朝版画里的夸父形象 ▶

①弄蛇人夸父

《山海经·大荒北经》：“大荒之中，有山名曰成都载天。有人珥两黄蛇，把两黄蛇，名曰夸父。后土生信，信生夸父。夸父不量力，欲追日景，逮之于禺谷。将饮河而不足也，将走大泽，未至，死于此。应龙已杀蚩尤，又杀夸父，乃去南方处之，故南方多雨。”

《山海经》里的夸父的扮相很酷，将蛇卷起来做耳环，两臂上还缠着两条更大的。在中国混乱的神谱里，夸父是后土的孙子，后土是共工的孩子，共工又是炎帝的后人……感觉夸父离炎黄之争的时代很久远似的。

后土在道教神系里变成了女神——大地之母，那么夸父的身份就有点像希腊神话里的地神之子安泰。安泰只要不离开大地就是无敌的，但英雄赫拉克勒斯将安泰抱起，让他双脚离地，从而杀死了他。夸父的寓言与此同调，夸父过于脱离现实（大地），想抓住高天上的太阳，最终身死道消。

古版画上的穿胸国风俗 ▶

②防风氏之死

防风氏是远古防风国的创始人，又名“汪芒氏”，或曰“汪罔氏”。是天下汪姓的始祖。

防风氏本是于治水有大功之人，还参与制定了《夏律》，约束诸侯。按《国语·鲁语》记载：“昔禹致群神于会稽之山，防风氏后至，禹杀而戮之。”防风氏只是去会稽山开会迟到，但作为制法的人却知法犯法，大禹好像为了律法的威严，下了狠手，处斩后还继续戮尸。后来的《异域志》按着这个思路，记载了一个奇怪的穿胸国的风俗：“穿胸国，在盛海东，胸有窍；尊者去衣，令卑者以竹木贯胸抬之，俗谓防风氏之民。因禹杀其君（防风氏），乃刺其胸，故有是类。”

◀ 西班牙画家戈雅画于1812年的《巨人》，画出了对巨人的恐惧。画面中央挺立着一位咄咄逼人的赤裸巨人，或许意味着战争或灾难，蝼蚁般的人们在奔跑、惊叫

司马迁在《史记·夏本纪》中有一个推断：“自虞、夏时，贡赋备矣。或言禹会诸侯江南，计功而崩，因葬焉，命曰会稽。会稽者，会计也。”是说，从虞、夏时起，贡赋制度就已经很完备了，会稽就是会计的意思。那么防风氏的迟到并不只是开会出席的意思了，还指贡赋的延迟或缺失，大禹杀防风氏震慑诸侯的要点，还是在经济利益上。

且夸父不是一个人，而是一个巨人种族。

还有一个著名的巨人，叫刑天。刑天与黄帝争位，被黄帝砍了头，并把头压在了首阳山下。无头的刑天，以双乳为双眼，以肚脐为口，空自舞动着盾牌（干）和斧钺（戚）在战斗，绝不倒下。这无头巨人在山野间决绝而绝望的舞蹈，是中国神话里最撼人的意象，深深打动了晋朝的陶渊明，他感叹："刑天舞干戚，猛志固常在。"[3]

在《山海经》里，夸父除了逐日而死，还记载了另一种死法——死在黄帝的神将应龙之手："应龙已杀蚩尤，又杀夸父"。我怀疑这里的夸父，就是指刑天乃至整个夸父族。

神话里的蚩尤、刑天和夸父的传说，有许多相似的原型叙述——他们都曾是炎帝的麾下，都是对抗天意（黄帝或太阳）而死；蚩尤的头被黄帝砍下，埋在青丘，而刑天的头埋在首阳山；蚩尤的枷锁化作了血红的枫林，而夸父的手杖化作了解渴的桃林……他们三个就像互为异文的同一段事迹——黄帝时代战败不屈的英雄。夸父族应该是传说中蚩尤联盟中八十一个兄弟之一。

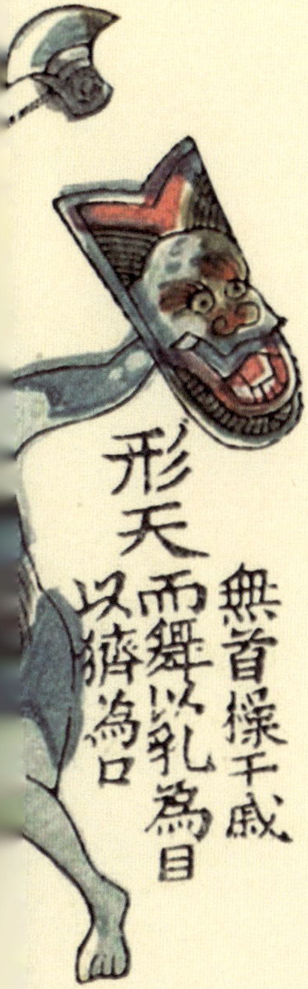

③刑天还是形夭？

《山海经·海外西经》："刑天与帝至此争神，帝断其首，葬之常羊之山。乃以乳为目，以脐为口，操干戚以舞。"

陶渊明《读山海经》十三首其十："精卫衔微木，将以填沧海。刑天舞干戚，猛志固常在。同物既无虑，化去不复悔。徒设在昔心，良辰讵可待。"

《山海经》原本称作"形夭"，而"刑天"之得名，相信为陶渊明所改，根据《太平御览》引用《陶靖节集读山海经诗》，"刑天"意为"形体夭残"，但可能传抄错误而有"刑天舞干戚"与"形夭无千岁"二说。

北宋宣和六年，曾纮于《陶靖节集》后作跋，提出了他的看法：渊明读山海经诗有"形夭无千岁，猛志固有在"之句，竟莫晓其意，后读《山海经》云："刑天，兽名也，好衔干戚而舞。"乃知五字皆错。形夭乃是刑天，无千岁乃是舞干戚耳。

南宋时，周必大（1126—1204）于《二老堂诗话》书中提出反驳：余谓纮说固善，然靖节此题十三篇，大概篇指一事。如前篇终始记夸父，则此篇恐专说精卫衔木填海，无千岁之寿，而猛志常在，化去不悔。若并指刑天，似不相续。

民初，鲁迅于《且介亭杂文二集》（题未定草六）文中，采用"刑天舞干戚"的说法，以此来证明陶渊明"并非整天整夜的飘飘然"，而存在"金刚怒目式"的风格。

郭沫若于晚年写的《读诗札记四则》，却赞成周必大的看法：这样明白晓畅的诗，宋人曾却于节外生枝，谓"形夭无千岁，猛志固常在"，疑其上下文不相贯，遂把"形夭无千岁"校改为"刑天舞干戚"。

其实世界各地都有巨人神话。

一种巨人就是追溯“史前”的创世神话而诞生的，比如盘古开天地，“盘古日长一丈，如此万八千岁，天数极高，地数极深，盘古极长”。这样算起来，盘古有两万多千米高。还有希腊奥林匹斯（宙斯）神系之前的泰坦巨人④，北欧神话里的霜巨人和火巨人，更像对始祖肆意无边的想象——世界可能只是巨人手里的弹球。

而没那么“顶天立地”、没参与创世的巨人，无论中西，都有相似的性格：简单而执着，就像夸父一根筋地追日，刑天一根筋地战斗，明显缺乏策略的灵活性。

荷马史诗《奥德赛》里，经历过特洛伊十年鏖战的英雄奥德修斯在回希腊途中登陆了西西里岛（绕得够远的）。他带着十二个希腊人为了寻找补给来到一个巨大的洞穴，那正是独眼巨人⑤波吕斐摩斯（Polyphemus）的家。波吕斐摩斯是海神波塞冬和海仙女托俄萨之子，回洞后发现了奥德修斯一伙人，很不友好，把他们当作羊一样的口粮圈养在洞里，一天吞食一个水手。智慧的奥德修斯说自己的名字叫“没有人”，并把没有勾兑的烈性葡萄酒献给波吕

《神曲》插图里的但丁在面对地狱中的泰坦巨人 ▶

④泰坦巨人

泰坦（古希腊语 Τ ι τ ν，通俗文化中经常使用源于英语音译的 Titan）是古希腊神话中一组早期神的统称。按照经典的神话系统，泰坦在被奥林匹斯神系取代之前曾经统治世界。泰坦是在原始神之后出现的古老神族。主要指天神乌拉诺斯和地神盖亚所生的六男六女。男泰坦分别是：天空之神克洛诺斯（神王）、河流之父俄刻阿诺斯、太阳神许珀里翁、时空之神克利俄斯、生命之神科俄斯、死亡之神伊阿珀托斯；女泰坦分别是：丰饶女神瑞亚（神后）、海神泰西斯、宝藏及目光女神忒亚、记忆女神谟涅摩叙涅、光明女神福柏、正义女神忒弥斯。

后来“泰坦”一词引申出 “巨大”“伟大”的意思，比如巨轮被命名为泰坦尼克号（Titanic）；土星最大的卫星土卫六名为 Titan；化学元素钛的拉丁名是 Titanium。

▲ 英国画家威廉·透纳（Joseph Mallord William Turner, 1775—1851）的《奥德修斯嘲笑波吕斐摩斯》。画中有透纳最喜欢的映海朝霞，以及奥德修斯刚刚开拔离岸的海船，独眼巨人波吕斐摩斯在船帆后的晨雾中，只露出了一个淡紫色的身影，一只手捂着受伤的眼

⑤独眼巨人

希腊神话里有两种独眼巨人。

最开始，天神乌拉诺斯和地神盖亚不止生了十二个泰坦巨人，还生了三个独眼巨人，分别是 Brontes（雷）、Sterops（电）和 Arges（霹雳）。乌拉诺斯或嫌弃他们的模样，把他们囚禁在黑暗深渊里。后来宙斯为了对抗泰坦，将他们释放出来。在火神赫淮斯托斯的指挥下，他们为宙斯锻造了闪电长矛，为海神波塞冬锻造了三叉戟，为冥王哈迪斯锻造了隐身头盔，为猎神阿尔忒弥斯锻造了弓和月光箭，为太阳神阿波罗锻造了弓和太阳箭……宙斯神权建立后，这三个独眼巨人就不见记载了。

《荷马史诗》里出现的独眼巨人波吕斐摩斯是海神波塞冬和海仙女托俄萨之子，成了彰显奥德修斯智慧的背景板。在阿尔戈英雄寻取金羊毛的神话中，波吕斐摩斯是英雄赫拉克勒斯的朋友，短暂地露过面。

波吕斐摩斯还有一段爱情经历被流传下来。波吕斐摩斯爱上了海中仙女伽拉忒亚，一位妩媚迷人的美丽仙女。虽然波吕斐摩斯爱得发狂，伽拉忒亚却始终若即若离。伽拉忒亚的姐姐嘲笑妹妹说：“你找了个好情郎啊——那个西西里的羊倌，人人都在议论呢。”伽拉忒亚承认，波吕斐摩斯虽然独眼，但比两个眼睛的人看得更清楚，且有一种雄赳赳的男子气概。可是伽拉忒亚并没有选择波吕斐摩斯，而是爱上了一位叫阿喀斯的王子。波吕斐摩斯出于妒忌，杀死了王子。

斐摩斯喝。乘着巨人醉酒熟睡，奥德修斯带着部下，将橄榄树桩削尖，几人一起扛着插入了巨人的独眼。波吕斐摩斯大声痛呼，引来了岛上其他巨人的询问，但波吕斐摩斯呼喊的是“没有人！没有人伤害我！”……奥德修斯和部下藏在羊的肚子下面安全逃出，回到船上的奥德修斯大声嘲笑追到海边的波吕斐摩斯：“‘没有人’没有伤害你，伤你的是奥德修斯！”奥德修斯为自己的傲慢付出了代价，波吕斐摩斯呼唤父亲波塞冬扬起巨浪和大风，将奥德修斯的船吹向了相反的方向，白白多了六七年的漂流历程。

可能是巨人的力量过于强大，所以头脑和手段也过于简单直接，常在神话里就充当着磨砺英雄的智慧与勇气的磨刀石——圣经里的巨人歌利亚也是如此轻易地倒在了少年大卫的脚下。⑥

意大利画家卡拉瓦乔（Michelangelo Merisi da Caravaggio，1571—1610）画的《手提歌利亚头颅的大卫》。有意思的是，卡拉瓦乔把歌利亚的头画成了自己的脸。画中大卫的表情既厌倦又悲伤，凝视着歌利亚的头，或者说，凝视着卡拉瓦乔 ▶

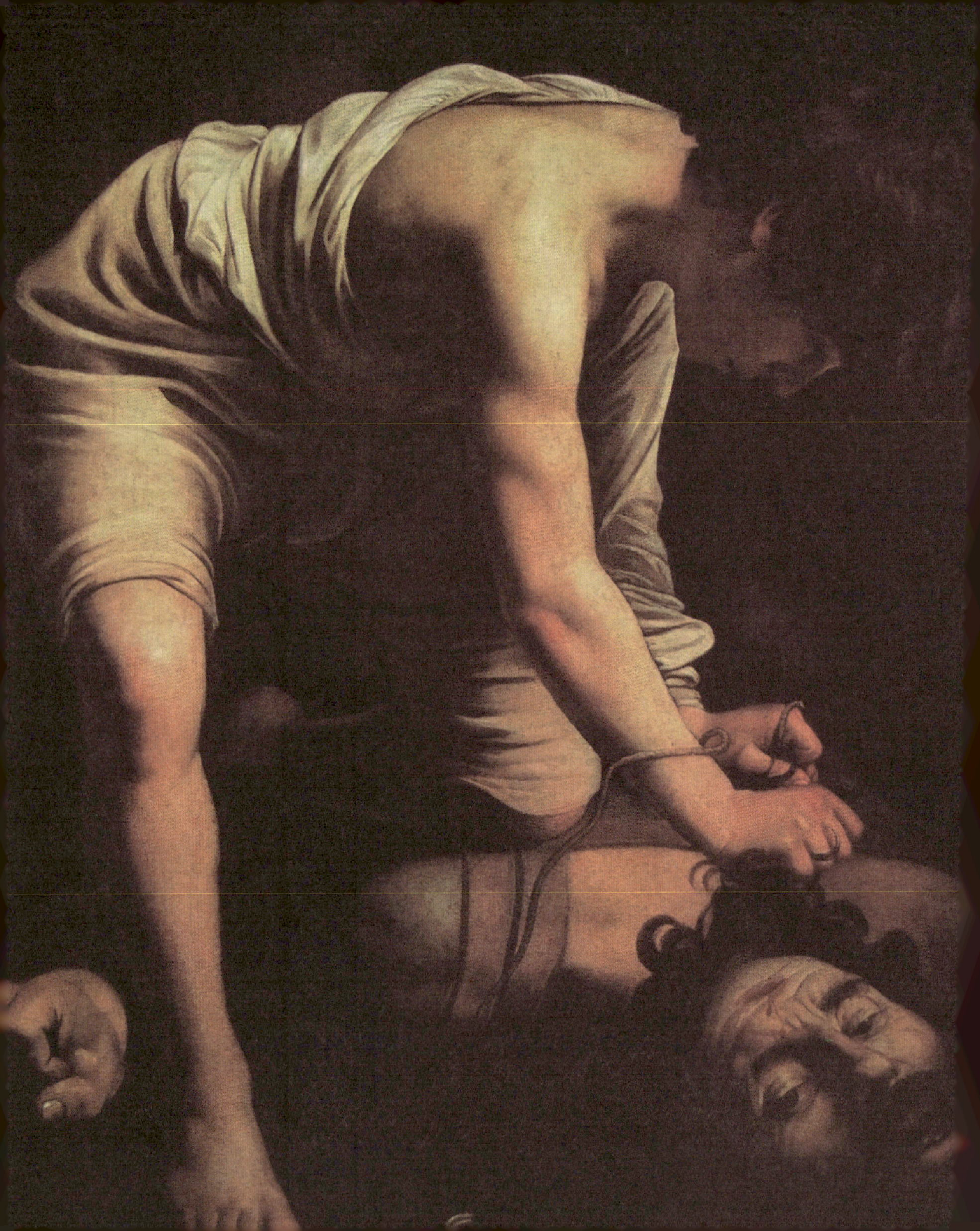

米开朗琪罗雕塑的正是大卫背着抛石袋瞪视着歌利亚的瞬间 ▶

⑥歌利亚与大卫

歌利亚不算是神话种族中的巨人，应该只是人间长得过于高大雄壮的战士，就像姚明那样的大块头。《圣经》里歌利亚是非利士人的首席勇士，进攻以色列时，叫阵了四十天，无人敢应战。于是一个少年牧童——大卫出场了。《旧约・撒母耳记上》第 17 章："年轻的大卫为跟随扫罗出征的三个哥哥送饭，听见歌利亚的骂阵，和扫罗允诺的重金赏赐，无所畏惧，要击败歌利亚。大卫拒绝了扫罗提供的战衣，手中拿杖和甩石的机弦，和从溪中挑选的五块光滑的石子；和歌利亚对阵，歌利亚头戴铜盔，身穿铠甲……大卫用机弦将石子击中歌利亚的额，歌利亚就仆倒，面伏于地。大卫将歌利亚的刀从鞘中拔出来，用刀割了他的头，将他杀死。"

后来，大卫成了以色列的王，他在位的四十年是以色列的黄金时期。《新约》专门强调耶稣是大卫的后裔。而大卫与歌利亚战斗的事迹是西方艺术家最爱描述的经典场面之一。

◀ *卡拉瓦乔喜欢画《大卫与歌利亚》这个题材，美少年与杀戮暴力形成强烈的对比*

九首

凶与不祥

九首

世人常说：天上九头鸟，地上湖北佬。

这是说湖北（楚）人厉害，甚至可怕，因为九头鸟的来头太大了。

九头鸟的来源应是九凤。《山海经·大荒北经》中说：“大荒之中，有山名曰北极天柜，海水北注焉。有神，九首人面鸟身，名曰九凤。”这叫九凤的神，是陪葬颛顼的九个嫔妃所化。《山海经·海内东经》说得明白：“汉水出鲋鱼之山，帝颛顼葬于阳，九嫔葬于阴[1]。”楚人一直认为自己的祖先便是颛顼，而凤鸟更是楚人最重要的图腾。

即使是凤凰，长有九个头的话，在别人眼里还是有些惊悚。在楚人之外的传说里，九凤慢慢变成了一种怪物，被叫作姑获、鬼车[2]或是九头鸟。

鲁迅在《古小说钩沉》中辑录一则来自《玄中记》的故事颇有些趣味：“姑获鸟昼飞夜藏，盖鬼神类，衣毛为飞鸟，脱毛为女人”，被叫作天帝少女，也叫夜行游女，

明朝版画里的九凤形象 ▶

①九凤

楚人在南方，崇拜朱雀凤鸟图腾由来已久，这从楚帛画上很容易看出来。

有人说楚人作辞赋好“九”，比如屈原作《九章》《九歌》，刘向作《九叹》，王逸作《九思》，宋玉作《九辩》，王褒作《九怀》……那么“九”与“凤”的结合，就理所当然。

其实无论南北，无论周楚，古人都是偏好“九”的，觉得是至阳之数，所以天分九野，地划九州，不是楚人的专美。

九鳳
九首人面鳥身居
北極天櫃之山

▲ 九凤的形象在后来就不再是九张人脸了，甚至在瓷器上被分解为九只凤凰

《山海经》里说九凤在“北极天柜”，“柜”字或是“枢”之误写？古人有北极星崇拜，认为北极星为天枢，夜空众星围绕其旋转。九凤出自北极，并不指向偏远，而更显其高贵。

至于楚人为什么能想出九头一身的怪模样凤凰来崇拜，想必是暗喻九嫔委与祖先颛顼帝一身的缘故。

②鬼车与姑获鸟

鬼车鸟，是真正的九头鸟，异常凄厉。传说鬼车本有十头，被周公“命庭氏射之，血其一首，其余九首”。想想鬼车鸟，一直有一个脖腔子，淌着血。宋代的梅尧臣的《宛陵集·古风》：“昔时周公居东周，厌闻此鸟，憎若仇。夜呼庭氏率其属，弯弧俾逐出九州。射之三发不能中，天遣天狗从空投。自从狗啮一首落，断头至今清自流。”

《隋书·五行志》提到后齐孝昭帝在位时，鬼车鸟出现在皇宫后园，结果孝昭帝当年就驾崩了，说明鬼车鸟真是恶鸟。之所以叫“鬼车”，唐代陆长源和宋代欧阳修对此有很形象的描述，鬼车鸟会在夜里载着百鬼出游，其身形巨大，翅膀扇动如车轮旋转，叫声如同车轮般吱呀作响。

关于姑获鸟，最通行的故事是产妇死后怨魂所化，白天是鸟，夜里是妇人，会偷小孩去养。大概明清时才和鬼车这样的九头形象慢慢合体。姑获鸟的传说也传到了日本，《百鬼夜行》里有姑获鸟的一席之地，其主要行为依旧是偷孩子。

还叫钩星，或叫隐飞……名字很多。这鸟（女人）不会生孩子，喜欢偷别人的孩子来养。如果晒小孩的衣服，晚上忘了收的话，姑获鸟会在衣服上点个不起眼的血迹，就是要来带走穿此衣的孩子了。有个豫章（江西）男子，看见湖里有六七个女子戏水，不知是鸟，匍匐着潜近，看见岸边晾着鸟羽编织的衣服，藏了一件……诸女发现有人偷窥，纷纷穿起羽衣化鸟而飞，唯一女不得去，被男子娶为妇，生了三个女儿。妇人后来派女儿向男人打听，得知羽衣就藏在粮仓里，当即披衣振翅而去……③

李时珍在《本草纲目》中提到姑获鸟，说是死去的难产妇所化，纯雌无雄，七八月夜飞，是瘪症的来源之一。清代破额山人《夜航船》也说“相传产妇亡魂所化，昼伏夜行，行则啼哭有泪……主一切不祥……南方人呼变九头鸟”，简直是灾难的象征。

九头蛇的来历也差不多，本来有个堂皇的身世，后来就演变成凶恶的怪物。

中国神话里有两条九头蛇，一条叫九婴，是一条巨蛇长出九个婴儿的脑袋，却是伏羲画的坎、离二卦的精气所

日本版画上的姑获鸟 ▶

③《玄中记》

《玄中记》是东晋郭璞所著，几乎可算作中国最早的志怪小说。

作者郭璞（276—324）很厉害，本是文人学者，还是游仙诗的先驱和道学术数大师，他写过《葬经》，被推为风水学的鼻祖。

鲁迅所引的《玄中记》中有关姑获鸟的一段，男子于水边偷衣而抱得浴中美人归的情节，被牛郎织女的民间传说完全借用，牛郎以此捉住织女，而织女也是生下子女后，（被迫）飞走了。

《玄中记》里的姑获鸟决绝许多，自己飞走后，过了些时日，又回来了，带来三件羽衣，给三个女儿披上，一起化鸟遁去……虽然恶名昭著，好像并没有加害男子。

郭璞是最早说姑获鸟又名鬼车的，开了先河。但唐宋时，姑获和鬼车还各有形象，之后才渐渐合体，成了九头鸟。

幻成的。与伏羲并称的女娲，用泥巴造了人，伏羲却只造了九婴这一个“孩子”。坎卦四短画，一长画；离卦二短画，二长画，总共九画，所以是九头。坎为男，所以五个是男形；离为女，所以四个是女形。坎为水而色玄，所以五个男婴都是黑头发善吐水；离为火而色赤，所以四个女婴都是红头发善吐火。

九婴平时蛰伏在北方大河里不知几千年，在十日并出的尧时代，河水干涸，才出现在世人面前，被当作凶物，被英雄后羿追杀。后羿发现，箭射中九婴一个头，会很快复原，故使连珠箭，九支箭几乎同时射中九个头……九婴命丧凶水。

另一条九头蛇，是大禹时代才出现的相柳，又叫相繇，是水神共工的臣子，几乎是个纯粹的恶棍。《山海经·大荒北经》载：“共工臣名曰相繇，九首蛇身……禹湮洪水，杀相繇，其血腥臭，不可生谷。”是说相繇身含剧毒，死后的土地上，都长不出五谷，杀死它的大禹只好将那方泥土挖出来，堆成祭台。

九头蛇注定要被英雄杀死，在西方也是如此。

希腊神话里的九头蛇叫海德拉（Hydra）④，父母是泰坦巨人帕勒斯（Pallas）与冥河女神司提刻斯（Styx），平日蛰伏的地方，被叫作瘟疫沼泽，没有人敢靠近。

▲ *希腊瓶画上的九头蛇海德拉*

④海德拉的身世

九头蛇海德拉的身世有两个版本，一说它是怪物之父百首巨龙堤丰(Typhon)和女首蛇身怪厄喀德那(Echidina)交配所生下来的，如此它便是地狱犬(Cerberus)、客迈拉、尼米亚猛狮、甚至鸟妖的姐妹(九头蛇为雌性)。另一说它的父母是泰坦巨人帕勒斯(Pallas)与冥河女神司提刻斯(Styx)，那样一来，它的兄弟姐妹就包括了宙斯的扈从泽洛斯、胜利女神尼刻，还有战神的两员大将克拉托斯与比亚。

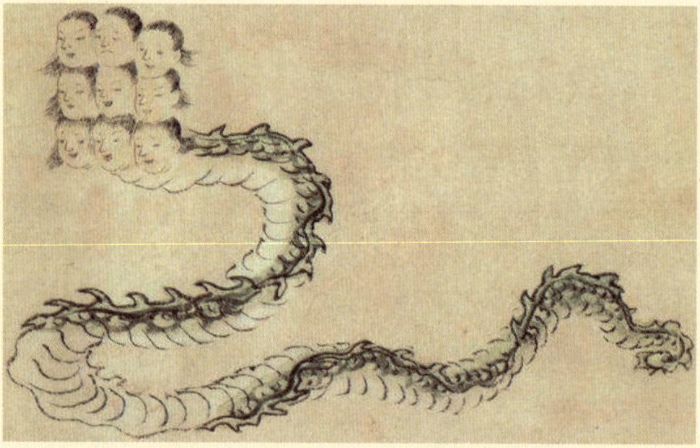

▲《怪奇鸟兽图卷》里九婴的形象

▲ 日本浮世绘《素戋鸣尊讨伐八岐大蛇》

◀ 印度教里的那伽神，有三五七九头不同的形象

传说海德拉死后与地狱犬一起为冥王看守门户。《伊尼亚德》便这样写道：“（哈迪斯的）大门下盘踞着不少魔物……勒拿九头蛇嗞嗞作声。”

九头蛇或多头蛇的传说，遍布世界各地：中国有九婴和相柳；日本有著名的八岐大蛇的传说；《圣经》里有撒旦化身的七头红龙；印度有那伽神……

海德拉因盖世英雄赫拉克勒斯（Heracles）而出名。赫拉克勒斯的十二大伟绩中的第二件便是杀死海德拉。当赫拉克勒斯用镰刀割下海德拉的一个蛇头，和九婴一样，新头马上重生出来。赫拉克勒斯用火炬烧灼海德拉的断颈，减缓蛇头的重生，才将其余八头一一砍下……

海德拉血含剧毒，就和相柳（繇）一样。赫拉克勒斯用其作为涂染箭尖的毒药，最后还辗转地中此毒而死，就像宿命一样。[5]

这个神话隐喻在美国流行文化里的漫威宇宙中得到延续。在电影《美国队长》里，美国队长神情诡异地说了一句："万岁，海德拉！"（Hail Hydra）

美国队长本是超级英雄里最不个人主义、最自律、最"政治正确"的，却在漫画里成了邪恶的隐秘组织"九头蛇"[6]的领袖。九头蛇组织脱胎于纳粹时代，有着极其"远大"的理想……看来，在过于狂热而巨大的热情推动下，英雄与恶龙缠斗，只是一枚硬币的两面在翻转。

▲ *法国画家古斯塔夫·莫罗（Gustave Moreau，1826—1898）的《赫拉克勒斯与九头蛇海德拉》*

⑤赫拉克勒斯之死

杀死九头蛇海德拉之后，赫拉克勒斯完成了十二大丰功伟绩。一日，他与美丽的妻子德伊阿尼拉（Deianira）来到埃文努斯河时，遇到了专门带人渡河的人马涅索斯。据说人马是一种性欲勃发的物种，涅索斯驮着德伊阿尼拉渡河时，不能自已，上岸便带着美人飞跑……赫拉克勒斯追不上涅索斯，便用一支蘸了九头蛇毒液的箭射中了涅索斯。涅索斯毒发，想出了报复的方式，临死前跟德伊阿尼拉说：我们半人半马的血，有一种魔力，让你的丈夫沾上，他将不会爱上你之外的女人。

后来，赫拉克勒斯的确要迎娶战败国的公主伊俄勒，伤心的德伊阿尼拉想要挽回丈夫的心，便让仆人给丈夫送去了沾染了涅索斯毒血（其实还是九头蛇海德拉之毒）的斗篷。

斗篷的毒血与赫拉克勒斯的汗水混合，并通过他的毛孔被吸收，赫拉克勒斯马上发了疯，自愿投身于火中。

德伊阿尼拉得知真相，随后自尽。

这个哀伤的故事在奥维德的史诗《变形记》里记载得很详细。

黑化的美国队长与红骷髅站在了一起，身后便是九头蛇的标志

⑥漫威里的九头蛇

九头蛇（HYDRA）是美国漫威漫画旗下的超级反派组织，初次登场于《Strange Tales》第135期（1965年8月），起源相当早。当时的地球出现了一位强大的异人蜂巢，而蜂巢由于能力过强而被送到了一个遥远的星球。

九头蛇标志是骷髅头与下方章鱼般的触手，九头蛇的口号是“砍掉一个头，再长出两个头取而代之”，与神话中的海德拉形象吻合，也暗喻其有无穷无尽的杂兵。如今漫画里一般是将NAZI HYDRA作为九头蛇组织，曾经隶属于“二战”中的纳粹德国（后期叛出纳粹），不过是红骷髅追随历代九头蛇理念创立的，并非当年的九头蛇。

漫画中，美国队长后来黑化，成为九头蛇组织的实际控制者，几乎瓦解了复仇者联盟，直到新的美国队长（即猎鹰，黑人山姆·威尔逊）诞生。

意大利画家圭多·雷尼（Guido Reni，1575—1642）画的《涅索斯抢劫德伊阿尼拉》

旱魃 若烧之，可致雨

吸血鬼真的翻身了。其实是一场浪漫主义回潮。

在一个可以进入文学史的夜晚，拜伦和雪莱这两个浪漫主义巨匠在雪莱家的别墅里聚会，聊到深夜时，大家开始讲恐怖故事，直到天亮。雪莱19岁的妻子玛丽·雪莱[1]将这个夜晚自己编的故事写成了《弗兰肯斯坦》[2]，被誉为“有史以来最伟大的恐怖作品之一”。而拜伦的秘书兼医生巴利多里则在那夜之后创造了“罗斯文勋爵”[3]这个最深入人心的吸血鬼形象。

雪莱患有肺结核，这种疾病在18世纪，成为浪漫、美、脆弱、忧伤、高雅的隐喻。苍白瘦削的雪莱，或是吸血鬼文学最早的模特。从此，黑暗世界的邪灵，拥有了高贵的血统，到了电影《暮光之城》，又成为青春偶像。

中国没有吸血鬼电影，却有香港的“僵尸大片”，都是向西方吸血鬼取了经的。其实，中国的僵尸本就有着极高贵的血统。

玛丽·雪莱像▶

①玛丽·雪莱

玛丽·雪莱（Mary Shelley，1797—1851，英国）是个命运坎坷的才女，她的父亲是大名鼎鼎的政治哲学家威廉·葛德文，著有《政治正义论》（商务印书馆有译本），甚至启发了以后的社会主义思潮。诗人雪莱正是葛德文的崇拜者，去拜见哲学家时，遇见了其16岁的女儿玛丽。这段情感初期颇类徐志摩遇见了林徽因，已有妻子的雪莱不可救药地爱上了玛丽，翌年带玛丽私奔。玛丽18岁时，雪莱的原配妻子投水，两人才真正结为夫妇。六年后，雪莱船难溺死，玛丽整理了丈夫的遗作，以写作维生。

rank

▲ 小说《弗兰肯斯坦》的插图

1931 年的电影《弗兰肯斯坦》的剧照 ▶

②《弗兰肯斯坦》

集科幻与惊悚于一体的哥特式小说。小说的构思源自 1816 年夏天，玛丽·雪莱与雪莱、拜伦等人在日内瓦郊外别墅聚会时讲的一个恐怖故事，翌年演绎成长篇小说出版。小说里的主角弗兰肯斯坦是个醉心探索的贵族医生，将一具拼凑的尸体复活，创造了一个怪物……之后对弗兰肯斯坦和怪物来说，都是一个无可挽回的悲剧……很难想象，20 岁的玛丽·雪莱对科学与世间的矛盾和纠葛思考得如此深刻，迷幻忧郁的气质贯穿始终，可以说，后来的科幻名家凡尔纳或威尔斯，都没有超越这个深度。

《弗兰肯斯坦》被拍成许多电影版本（常译为《科学怪人》），为电影史留下了著名的惊悚形象。

雪莱像 ▶

③罗斯文勋爵

还是1816年夏天的那个夜晚，拜伦也讲了一个恐怖故事。拜伦随性旷达，讲完便完了，他的医生兼秘书巴利多里也在场，后来将这些故事片段演绎成一部叫《吸血鬼》的小说。小说主角罗斯文勋爵，俊美，阴郁，风度翩翩，首创了贵族绅士吸血鬼的经典形象（比德古拉伯爵这个所谓的“鼻祖”角色还早诞生78年）。

有人说，巴利多里描绘的罗斯文勋爵的形象原型或就是拜伦，但拜伦性格豪放，自小跛足，比较起来，雪莱的气质倒更与罗斯文勋爵接近。

◀ *1831年版本的《弗兰肯斯坦》的插图*

中国人的共祖黄帝，是万神之首，掌握雷电（和宙斯相似），但他的帝位受过一次极大的威胁——战神蚩尤造反了。蚩尤好像更忠于黄帝之前的盟主炎帝[4]，联合炎帝旧部和黄帝展开了史诗般的诸神之战。

初期，蚩尤悍勇，黄帝九战无一胜绩，而且军队被蚩尤一方的风神、雨神困在漫天风雨之中，大雾弥漫，各部相互不知所在。黄帝亲手杀了自己的部下——夔牛（音乐之神）[5]和雷神，将夔牛的皮作鼓，将雷神身上最大的骨头作鼓槌，擂鼓一通，据说声震五百里，各部向鼓声聚拢，斗志旺盛。这时黄帝的女儿——妭出场了。

妭本来住在系昆山上的共工之台上[6]。共工是水神，而妭住在水神的圣地，就是为了抑制自己神秘的体质。她常年穿着青衣，高贵、柔弱得无人得见，据说人类中的射手也不往共工之台的方向射箭。

作为雷电之神黄帝的女儿，她是光电之精。她来到战场搭救她的父亲来了，启动了自杀式的法术，从她体内突然迸发出强大的光热，像个热核武器，瞬间消散了蚩尤的凄风苦雨，天地清明。黄帝的诸神奋起反击，一举在涿鹿

▲ 山海经插图里的夔牛

④蚩尤的身世

蚩尤是历史上被严重污名化的英雄。我们作为黄帝的子孙，对其既恨且怕，依旧奉他为战神兵祖，自古出征之前都要祭祀蚩尤。

黄帝取代了炎帝后，与蚩尤又发生战争，其实只是炎黄之争的延续。蚩尤的“尤”，也通“由”，是农的意思。《路史·蚩尤传》载：“蚩尤姜姓，炎帝之裔也”，皆属神农氏。而《左传》则暗示，蚩尤即是炎帝不成器的儿子。

蚩尤造反时，也自称炎帝，以至于夏曾祐、丁山、吕思勉等史学名家，认为蚩尤即炎帝，炎黄之间的坂泉之战，就是黄帝蚩尤之间的涿鹿之战。

⑤夔牛

《山海经·大荒东经》云：“状如牛，苍身而无角，一足，出入水则必风雨，其光如日月，其声如雷，其名曰夔。”

《绎史》引《黄帝内传》云：“黄帝伐蚩尤，玄女为帝制夔牛皮鼓八十面，一震五百里，连震三千八百里。”

⑥妭与共工之台

妭，在《说文》的字义，就是美好的女性。所以黄帝给自己的女儿取名妭。

五里

◀ 南宋画家李嵩所绘的《骷髅幻戏图》里，有中国美术史上少有的诡异画面：活的骷髅傀儡师在妇孺间表演，透出些温馨的意味。这或是当年最形象的“僵尸”（行走的尸骸）题材了。

《山海经·大荒北经》云：“有系昆之山者，有共工之台，射者不敢北乡。有人衣青衣，名曰黄帝女魃。蚩尤作兵伐黄帝，黄帝乃令应龙攻之冀州之野。应龙畜水，蚩尤请风伯雨师，纵大风雨。黄帝乃下天女曰魃，雨止，遂杀蚩尤。魃不得复上，所居不雨。”

黄帝之女居住在北方的共工之台，只怕是不太可能的。如果按司马迁整理的帝系来看，水神共工是炎帝的后裔，几乎是女魃曾孙辈的人。这是远古神话经常有些混乱的地方，共工早在炎黄之前，人类初祖伏羲女娲时代就出现了，后来又与黄帝的孙子颛顼争帝，惹得女娲补天；到了颛顼六世孙的舜时代，又出来祸乱，才有了大禹治水。

击溃了蚩尤同盟。

但天女妭不再是神明了，这唯一的一击使她容貌尽毁，头发落尽，只剩下魂魄。人们也不管她叫“妭”了，而叫“魃”。

魃已经不能回到天庭了，也无法有效控制自己残存的法力，所到之处，就息风止雨，赤地百里。她无论走到哪里，都被人们诅咒驱逐，称为“旱魃”⑦，并把状告到了黄帝那里，黄帝将旱魃流放到北方，从此北地多旱，南方多雨。

人类的诅咒和驱逐，可能真的改变了旱魃，汉代的《神异经》里说旱魃“长二三尺，袒身而目在顶上，走行如风”，到了明代，旱魃便常附魂魄在尸体上，就成了僵尸⑧。清代《续子不语》里说，旱魃有三种：一种似兽，一种就是僵尸，都能引起旱灾；而顶级旱魃叫“格”，能吃兴雨的龙，大法师都害怕它。

僵尸传说与西方的吸血鬼的相似之处就是都只能在暗夜行走，惧怕阳光，所以在现代影视里开始同化——僵尸也开始吸血了。只是西方的吸血鬼在流传中越来越美，而

日本古版画里的旱魃像 ▶

⑦旱魃

落在地上的天女妭，成了旱神。作为农耕民族，民间将旱神形象逐渐邪恶化，就变成了旱魃。

《诗》曰：“旱魃为虐，如惔如焚。”

《玉篇》引《文字指归》：“女妭，秃无发，所居之处，天不雨，同魃。”

《新唐书》：“永隆元年，长安获女魃，长尺有二寸，其状怪异。”

柔弱的青衣少女，变成了一个怪物，人类见之，必追逐打杀而后快。斩旱魃一般是雩祭（求雨仪式）中的一个环节，用日晒、水淹、虎食等方式来对付旱魃。比如张衡《东京赋》就有：“溺女魃于神潢”。

东方的僵尸依旧极尽丑陋，遭人厌恶。

喜欢研究民俗的周作人，在《文艺上的异物》一文中提到了僵尸：“据说是久殡不葬的死人所化，性质也是凶残，又常被当作旱魃，能够阻止天雨，但一方面又有恋爱事件的传说，性质上更带了点温暖的彩色了。”读到这时我觉得欣慰，原来还有旱魃恋爱的故事，虽然我从没见过。这个苦命女子在被诅咒的人间也留下点如女狐般的艳迹与浪漫，不然谁还记得她是天帝的女儿呢。◉

◀ 溥儒《僵尸观月图》

⑧僵尸

女妭——旱魃——僵尸，这个演变过程，到明朝才算完成，实际是民间祓除风雨的巫术仪式的演化。

旱魃这种怪物被驱逐了几千年，但旱情该来还来，于是明朝人认为，旱魃躲到了人类的坟墓里，附在了尸体身上。被旱魃潜入的坟墓，坟头会不长草，浇水立干……甚至有人看见，深夜尸体会从坟墓出来，往家里挑水……《明史》中就有记载，每遇干旱，百姓便发掘有如此特征的墓冢，将尸体拖出，光天化日下，残其肢体，称作“打旱骨桩”，然后烧掉（这种风俗一直遗留到晚清民国）。

到了清代，笔记小说推波助澜，僵尸才成为中国常见的民间鬼怪。蒲松龄的《聊斋志异》，袁枚的《子不语》，关于僵尸的文学书写（比如《尸变》，比如《僵尸夜肥昼瘦》等），与西方那个传奇的夜晚，相隔不远，交相辉映。

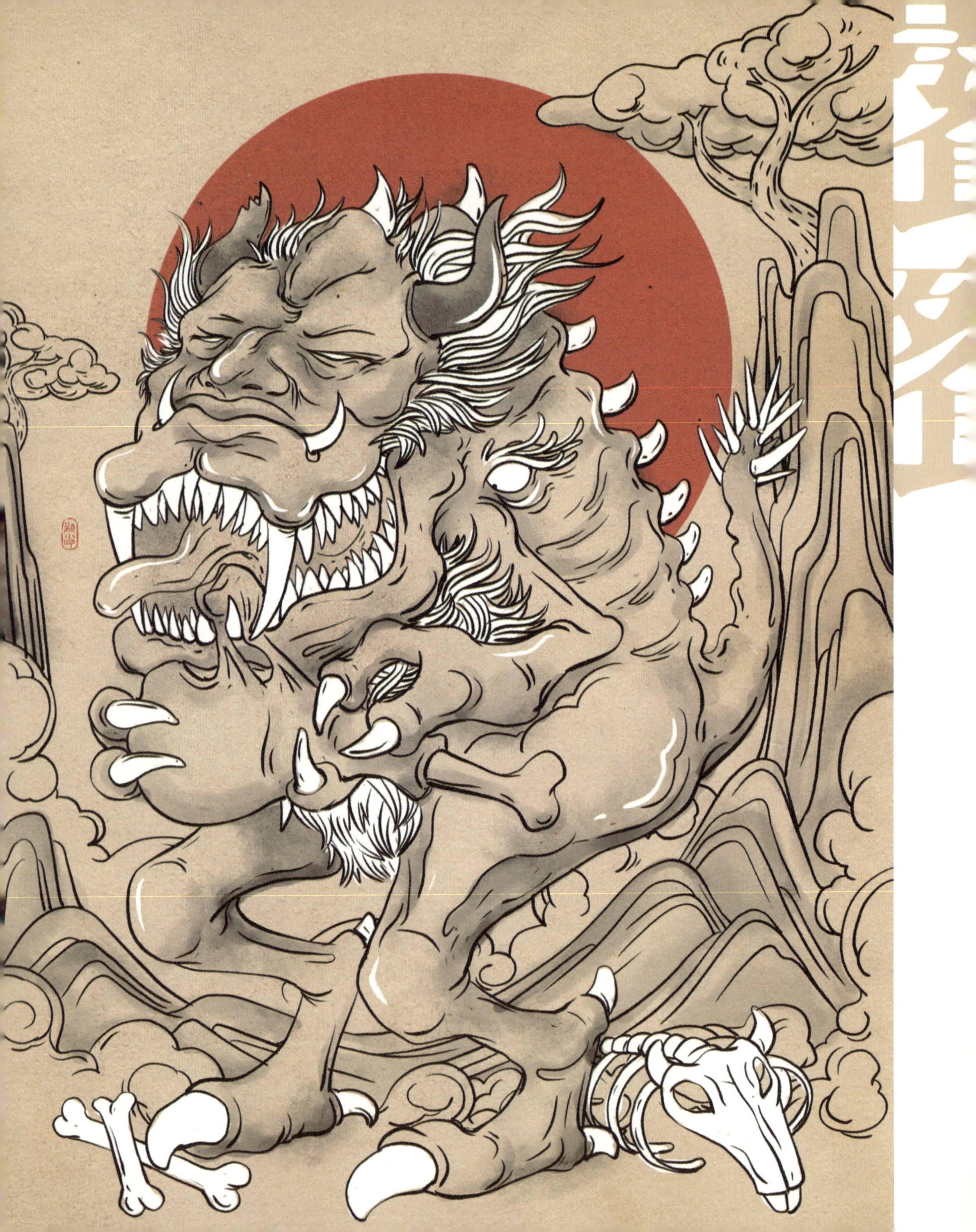

饕餮 聚敛积实，不知纪极

饕餮

饕餮是古今最大的美食家。

《吕氏春秋》说，饕餮这种怪物有脸无身，而脸上主要是一张大嘴，功能就是吃[1]。商周的青铜器基本上都是煮肉炖汤的炊具，所以都在上面刻着饕餮的脸，犹如土司的初夜权，请饕餮吃第一口。

食神饕餮很不好惹，不照顾好他，就会出来吃人。尧统治的时代，饕餮好像不大满意，因为饕餮不怎么吃谷物，喜欢吃肉。而尧是以节俭著称的，怕是少炖了些肉，饕餮就出来吃人了。饕餮吃人，很像草原上狮子狩猎，会避开人群，专伏击落单的老幼。从此，饕餮声名不佳，与浑沌、穷奇和梼杌共称“四凶”[2]。

但是食神饕餮的家世不错，有种说法——它爸是神龙。龙这种神物，集合了天上地下各种动物的优点（所谓马首鹿角蛇身鱼鳞鹰爪狮尾云云），遗传上基因也变异得厉害，生了九个孩子，各有不同，饕餮就是排行第五的怪物[3]。

饕餮瓦当▶

①饕餮

《吕氏春秋·先识》："周鼎著饕餮，有首无身，食人未咽，害及其身，以言报更也。"是说鼎上铸着的是一个贪吃的怪物。隋朝的颜师古注汉书时说，"贪甚曰饕"。唐朝的杜预在《左传注》里说得更细："贪财为饕，贪食为餮"。

②恶名与恶形

《左传·文公十八年》云："舜臣尧，宾于四门，流四凶族——浑敦(沌)、穷奇、梼杌、饕餮，投诸四裔，以御魑魅。"可见恶名之盛。

四凶的来头都不小。《史记·五帝本纪》中的记述是：帝鸿氏（黄帝）之不才子"浑沌"、少皞氏（西方之帝）之不才子"穷奇"、颛顼氏（北方之帝）之不才子"梼杌"，加上缙云氏（炎帝，也是南方之帝）之不才子"饕餮"，合称"四凶"。都是顶级的官二代。

《神异经·西南荒经》云："西南方有人焉，身多毛，头上戴豕。贪如狼恶，积财而不用，善夺人谷物，而不食人谷。强者夺老弱者，畏强而击单，名曰饕餮。"《神异经·西荒经》则云："饕餮，兽名，身如牛，人面，目在腋下，食人。"

张艺谋的电影《长城》，就是通过这几句记载，做出了"目在腋下"

▲ 比较一下，有些饕餮纹的确能看出点狼的影子

的吃人怪物。

也有学者认为饕餮的自然主义原型，不过是狼。自古有“贪狼”之说，而饕餮的“畏强而击单”的狩猎方式，也与狼的习性相似。北方的狩猎民族，多有狼崇拜的习俗，青铜器上的饕餮兽面或是狼的图腾化。

③龙生九子

龙是中国文化里最神奇的动物，能大能小，能显能隐，最善兴云布雨，或是跟“云雨”的关系过于密切，人们就说“龙性淫，无所不交，故种独多耳”（倒是和希腊的主神宙斯的习性很像），“遇牝必交，如得牛则生麟，得豕则生象，得马则生龙驹，得雉则结卵成蛟……”（《五杂俎》卷九）不一而足，才有了“龙生九子，各有不同”的说法，这里的“九”当是多的意思，肯定不止九种，也没人纠结龙有哪些孩子，古籍也没记载。

偏到了明朝的孝宗皇帝，一日不知怎的，问内阁大学士李东阳，都说龙生九子，到底是哪九子啊？李东阳一时不能答，就叫编修去查，最后凑了九个古籍记载的神兽，报知皇帝：分别是囚牛、睚眦、嘲风、蒲牢、狻猊、霸下、狴犴、负屃、螭吻。（《一麓堂后稿》卷十二）

自此龙的九子才算各自有了名字，其中本来是没有饕餮的。

李东阳的学生杨慎，也是个大学者，他沿着老师的思路，做了些修改，饕餮加入其中，九子是：赑屃、螭吻、蒲牢、狴犴、饕餮、蚣蝮、睚眦、狻猊、椒图。（《升庵集》卷八十一）

《明史》说杨慎“记诵之博，著作之富”为明代第一，在士林影响极大，后人论及“龙生九子”，多引述杨慎之说，饕餮就这样成了龙的儿子。

◀ *龙生的九子，大部分坐在传统建筑的屋檐上，保佑着平安*

而史书《左传》有一句记载说，饕餮是“缙云氏不才子”，仿佛饕餮是历史中的人物。后人注疏发现，缙云氏就是姜姓的炎帝，后被黄帝征服，而战神蚩尤正是炎帝的后裔。“缙云氏不才子”就是“炎帝家的坏孩子”——蚩尤，也是饕餮[④]。帝王之后被传为龙子也就不奇怪了。

那么，威名赫赫的兵家之祖蚩尤，怎么就变成了有头无身、整天蹲在锅盖上的饕餮了呢？

这要说回蚩尤与黄帝的涿鹿大战，蚩尤被黄帝砍了头颅。传说中蚩尤是铜头铁额牛角，刀枪不入，砍下头来费了不少工夫。而且砍头时不敢卸下蚩尤身上的镣铐，砍下后才将镣铐掷入大荒之中。那镣铐瞬时化为一片枫林，树叶血红[⑤]。我们后人看到的枫叶，竟是战神蚩尤的血染红的。

蚩尤的身体在当地下葬，头颅被黄帝带着出征其他部落，交战前展示蚩尤头颅，诸邦莫有不服。后来蚩尤的头颅被直接画在军旗上，用于震慑四方。那凶恶的形象，应该就是青铜器上饕餮的样子[⑥]。

当年将蚩尤的身首被分开安置，就是怕战神复活，但

◀ 汉画像砖里的蚩尤像

④饕餮即蚩尤

《左传》谓饕餮是“缙云氏不才子”，而《史记·五帝本纪》集解引贾玄曰：“缙云氏，姜姓也，炎帝之苗裔。”蚩尤姜姓，亦为炎帝之苗裔，于是有人猜测蚩尤就是这个“不才子”。宋朝罗泌《路史·蚩尤传》云：“蚩尤天符之神，状类不常，三代彝器，多者蚩尤之像，为贪虐者之戒。其像率为兽形，傅以肉翅。”这说的，不就是饕餮纹吗。

陈梦家先生就力主饕餮即蚩尤。

蚩尤在古籍中也是一脸凶相：“兽身人语，铜头铁额，食沙石子”（《太平御览》卷七八引）。“人身牛蹄，四目六手，耳鬓如剑戟，头有角”（《述异记》）。

饕餮纹多见于祭祀礼器和酒器，是商周青铜器上占主导地位的纹饰 ▶

⑤枫树的血染叙事

《山海经·大荒南经》载：“有宋山者，有赤蛇，曰育蛇。有生木山上，名曰枫木。枫木，蚩尤所弃桎梏，是为枫木。”

《云笈七籤》卷一百辑唐王瓘《轩辕本纪》载：“黄帝杀蚩尤于黎山之丘，掷械于大荒之中，宋山之上，后化为枫木之林。”

⑥青铜器上的饕餮纹

饕餮纹的命名很晚，是在金石学兴起的宋朝。宋朝的文人通过古籍，给青铜器上最常见的兽面纹，取名“饕餮纹”，延叫至今。所以这图纹到底是不是饕餮，就有了争议。

饕餮是商周鼎的主要纹饰，而鼎是青铜时代最尊贵的立国重器，象征王权与神权，可见饕餮形象的图腾地位，当时比龙纹饰还高。显然，那时蚩尤还没有被过分污名化，被普遍敬畏和崇拜。李泽厚将商代美学称为“狞厉之美”，多半从青铜鼎上的饕餮纹而来。

眼目是饕餮纹的视觉中心，也有学者认为，它源自史前的眼睛崇拜，而太阳神往往被绘制成眼睛状，因为在诸多古代神话中，太阳被称为“天之眼”或“世界的眼睛”。

陈梦家认为饕餮即蚩尤，吕思勉与丁山认为蚩尤即炎帝（也有太阳的神格）……这样串起来，说饕餮纹代表了太阳崇拜，好像也说得通。

蚩尤的头颅最后还是复活为一个独立的神——饕餮。没有身体的战神，唯一的武器就是嘴，唯一的战斗就是吃。传说蚩尤生前很不挑食，可以吃沙石充饥，不知为何再生为饕餮，就成了吃货。

有意思的是，在中译的《神曲》里，将基督教总结的人类恶行七宗罪中的一罪，直接译为“饕餮”（其他为傲慢、嫉妒、暴怒、懒惰、贪婪及色欲），表示暴食 (Gluttony)[7]。

而且在《神曲》的地狱里，公布了对饕餮罪的具体惩罚，就是逼食老鼠、蟾蜍和蛇。话说一位即将受罚的人在地狱里发笑，狱卒惊问其故。那人说：“你不知我在上面是广东人吗？外国阴间的监狱，待遇也是好的。”

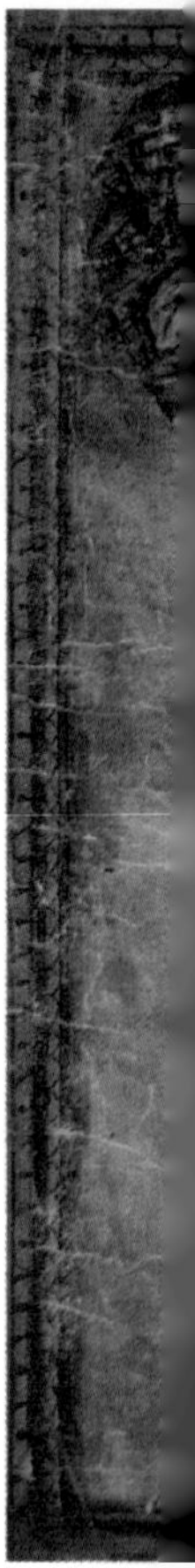

▲*波提切利所绘的《神曲》里的漏斗形地狱，饕餮地狱在第三层*

⑦《神曲》七宗罪里的饕餮

六世纪后期，教宗额我略一世整理出今日熟知的七宗罪：傲慢、嫉妒、暴怒、懒惰、贪婪、暴食及色欲。

但丁的《神曲》里，七宗罪都纳在地狱的分层里。《神曲》中地狱的形状就像是一个上宽下窄的大漏斗，一共有九层，第

▲德拉克洛瓦所画的神曲地狱篇《但丁和维吉尔共渡冥河》

"Beelzebub and them that are with him shoot arrows."

▲ *别西卜像*

一层关押着生于基督之前的异教徒。而其余的几乎按七宗罪排列，暴食罪列在第二层。

王维克 (1900—1952) 先生与朱维基 (1904—1971) 先生翻译的《神曲》两个版本，都将暴食翻译成饕餮，颇为神似。因为在西方的恶魔学里，暴食罪对应的形象是鬼王别西卜（象征形象：地狱三头犬、猪、虎、蝇），的确与凶神饕餮同调。

梼杌

一名傲狠，一名难训

大禹治水时很兢兢业业，十几年奔波，如履薄冰，三过家门而不入。

因为他的父亲是鲧，是他一生的污点。

鲧的身世好，是天帝颛顼的儿子。[1]

颛顼时代的天庭，发生了一件大事，水神共工造反了。共工与颛顼决战不胜，怒而头撞不周山。这不周山是天柱，在一撞之下山倾柱折，天都漏了。天河的水泻了一地。

天漏的事，使退隐的古皇女娲都出山了，炼五色石补天。但地上却开启了大洪水时代[2]。

天庭开会，找了许多专家来讨论如何治理地面的水患，鲧的原身就是条大鱼，也作为水利专家忝列其中。会议上鲧提出了个大胆的构思，就是筑一个空前的大坝，把水都围起来。席上许多专家激烈反对，说选址困难，说有违天和，说一旦崩塌后果不堪设想……所以鲧的提议被否决了。

鲧相信自己的设想，利用自己是领导的家人，偷取了天界的资源——息壤（神土）[3]。鲧下到洪水泛滥的地面，

①鲧

鲧字的原义是大鱼，也可能是大鳖。

《史记·夏本纪》说:“禹之父曰鲧，鲧之父曰颛顼，颛顼之父曰昌意，昌意之父曰黄帝。”可见鲧是黄帝的玄孙。

黄帝家族有两个族徽图腾，一个是熊，对应的族名是有熊氏，来源很古老；一个是大鳖，对应的族名是天鼋氏，听名字像轩辕氏的变音，应是黄帝之后的分支。鲧明显属于天鼋氏，所以借图腾为名。

鲧最大的功绩，并不是治水，而是发明了建造城池。《吕氏春秋·君守篇》云：“奚仲作车，仓颉作书，后稷作稼，皋陶作刑，昆吾作陶，夏鲧作城，此六人者，所作当矣。”是说这六大发明当是文明的基石。

②大洪水

在世界上任何一个有足够时间跨度的民族历史和传说中，都有着相似的“大洪水”记忆。而且在传说中的时间、地点、人物、内容都有着惊人的相似之处。

“洪水伴随着风暴，几乎在一夜之间淹没了大陆上所有的高山，只有居住在山上和逃到山上的人才得以生存。”——《吉尔伽美什史诗》

“当尧之时，天下犹未平。洪水横流，泛滥于天下；水逆行，泛滥于中国。”——《孟子》

“这是毁灭性的大破坏……人们都淹死在从天而降的黏糊的大雨中。”——《玛雅圣书》

“洪水在地泛滥四十昼夜，水往上涨，把方舟从地漂起……水势在地极其浩大，山岭都淹没了……五个月后，方舟停在一座山上。”——《圣经》

……

大约 8000 多年前，人类文明的确遭受过持续的特大洪水的袭击，甚至导致大陆的下沉（亚特兰蒂斯的传说）。考古学家陆续发现了许多那次大洪水的直接和间接证据。大劫难之后，只有少数人类得以存活下来。

③息壤

《山海经》云：“洪水滔天，鲧窃帝之息壤以堙洪水。”郭璞注：“息壤者，言土自长息无限，故可以塞洪水也。”

息，有自行繁殖生长的意思，利息的息，也是这个含义。所谓息壤，就是会自行生长的土壤，最适合用来筑堤坝，阻挡不停上涨的洪水。

都说鲧偷了“帝”的神物“息壤”，那这里的“帝”指的是谁？有学者说是尧，看起来不合理。尧是明君，不可能子民遭遇洪灾却守着息壤不用，等着鲧来偷窃。这里的“帝”应是指“天帝”。

鲧的父亲便是天帝颛顼，那鲧偷的是自己父亲的东西吗？看来也不是。大洪水是尧时代，那时天帝叫帝喾，又叫帝俊，据说是颛顼的侄子，也就是鲧的堂兄。那么帝俊为什么守着息壤不顾人间疾苦呢？因为在上一代，颛顼斩断了天地的通路，叫“绝地天通”，从此天地两隔，各管各的，不那么紧密了。

鲧独自顶了盗窃之名，去解救下界人间，却还是失败了，想必息壤的生长速度，远跟不上大洪水上涨的速度，大堤崩塌，良田生民毁伤无数。

也有人喜欢将神话做自然主义的解读，说息壤根本不是什么神物，而是远古农业中土地种植一两年，便要休耕一年，休耕的田地便叫息壤（休息的土壤）。鲧为了抗洪，将耕地的土壤也挖去筑坝，等于杀鸡取卵，自毁生机……所以才会在传说中变形为“盗取”。

有关大洪水，最著名的是《圣经》里诺亚方舟的故事

打着天命的幌子将建坝治水这项浩大工程强行上马。息壤是会自动生长的土壤，大坝很快就完成了。刚开始效果不错，虽然有点天气异常，但洪水还是暂时被抑制住了。

好景不长，一次地动山摇，息壤筑成的大坝竟然崩塌了，养肥的洪水奔流泻下，大地上的人类几乎全部遭殃。人民领袖尧，上书天庭，要求惩治豆腐渣工程的责任人。

公允地说，息壤筑成的大坝绝不是豆腐渣，但神物也不能阻挡如此宏大的洪水。天庭的专家们痛心疾首，一致大骂此项逆天的工程。天帝也恼怒鲧伤害了神一贯正确的形象，下令处死自己家里的不肖子孙。

火神祝融将鲧押到羽山处死，但鲧心内怨气郁结，尸体三年不腐，宛若生人。祝融再去羽山查看，用吴刀劈开鲧的尸体，不想尸体内腾起一条黄龙（一说是一只大鳖），正是大禹的降生④。大禹虽是神物，但没有神籍，只能化生为人，后来跟随尧的接班人舜，做了一个随从。

而被劈开的鲧，就滚入了滔天的洪水。

人们原以为鲧的精魂还会化作一条大鱼，不想这精魂不愿再与水有什么瓜葛，化作了西方密林里的一头怪兽——梼杌。《神

鲧撒息壤为山堤治水 ▶

④鲧死禹生

《山海经》载：“鲧窃帝之息壤以堙洪水，不待帝命，帝令祝融杀鲧于羽郊。鲧复生禹。”

天帝震怒，好像并不是什么治水失败，主要是鲧的偷盗和不听话。天帝为什么是派祝融去杀鲧呢？里面也有一个有趣的说法。研究远古神话，就像一个想象力的比赛，就看谁附会得精巧。我们都知道祝融是火神，而共工是水神，所谓水火不容，是天生的对头。而“鲧”字发音“滚”，几乎就是“共工”二字的连绵发音，所以有学者认为鲧其实就是水神共工的神格变形，那么诛杀他最合适的人，当然是死对头祝融了。

《归藏·启筮》载：“鲧死三岁而不腐，剖之以吴刀，是以出禹。”

大禹是祝融从鲧肚子里剖出来的，据说是瞬间化为黄龙飞遁，叫祝融都来不及反应。在《竹书纪年》里，大禹的出生就平实了许多——禹的母亲夜里梦到流星坠入溪水，白天便在涉溪时捡到一颗神珠，吞服之后，得以结胎怀孕。

异经》记载：梼杌“其状如虎而犬毛，长二尺，人面，虎足，猪口牙，尾长一丈八尺”，完全不愿与人类接触[5]。

人类无论对鲧还是梼杌，都充满了仇恨，称之为四大凶神恶兽之一。史书《左传》里还说：“颛顼氏有不才子，不可教训，不知话言，天下谓之梼杌。”可见对鲧（梼杌）当年的刚愎自用满怀怨怼。

想想大禹也不容易，就像段誉一样，虽身为皇储，亲生父亲却是恶贯满盈的段延庆。倒是当年受灾最严重的楚地上的后人，对凶神鲧有几分同情。屈原在《天问》中问：“顺欲成功，帝何刑焉？”是说，鲧（梼杌）一直想为人类建功，天帝为什么要处死他呢？这的确是痛贯中西的天问，似乎盗火者[6]都没有好下场。

我们都知道，鲁国将国史命名为《春秋》，而楚国却将国史命名为《梼杌》，其中的内涵原不只是年轮的意思[7]，让我想起一个西方的故事：恺撒攻进埃及时，伟大的亚历山大图书馆着起了大火，恺撒的部下惋惜地喊：看啊，人类的记忆在燃烧。恺撒说：没什么，它记录的都是我们的恶行。◉

◀ 《三才图会》中的梼杌

⑤四凶中的梼杌

梼杌是著名的四大凶兽之一。《左传·文公十八年》里记载："舜臣尧，宾于四门，流四凶族——浑敦（沌）、穷奇、梼杌、饕餮。"说在帝舜时代，处理了四凶。

《尚书·舜典》里却另有说法，说帝舜"流共工于幽洲，放驩兜于崇山，窜于三危，殛鲧于羽山。"里面提及四凶的名称完全不同，变成了共工、驩兜、三苗、鲧。

《左传》只说梼杌是颛顼的不才子，并没有说梼杌就是鲧的化身。最早说二者为一的或是南北朝的郦道元，他在《水经注》里明确地说，鲧便是梼杌。

到了唐朝，给古籍作注时，人们就言之凿凿地将两个版本的四凶统一起来：共工即穷奇、驩兜即浑沌、三苗即饕餮、鲧即梼杌。

⑥盗火者

作为神子的鲧为人类盗窃息壤，却背负神的惩罚这一点上，与希腊神话中的盗火者普罗米修斯（Prometheus）很像。

普罗米修斯是泰坦巨神之一，本是万神之神宙斯的堂兄弟。在人类陷入夜晚的黑暗和寒冷时，普罗米修斯触犯天规盗取了太阳里的火种，使人间有了光明、温暖和熟食。在收回火种和承担天界惩罚之间，普罗米修斯选择了为人类受过。宙斯将普罗米修斯用铁链锁在高加索山崖上，有兀鹫每日啄食他的肝脏，而在夜晚肝脏就会复原。这样重复

◀ *提香的《受惩罚的普罗米修斯》*

的痛苦本来要持续三万年，却被半神半人的英雄赫拉克勒斯（Heracles）射死了兀鹫，砍断了锁链，将普罗米修斯解救下来。

半人半马的喀戎（Chiron，赫拉克勒斯的老师）甘愿把自己绑在悬崖上，替代普罗米修斯，表示对宙斯律法的尊敬。而自由的普罗米修斯必须永远戴一只铁环，环上镶上一块高加索山上的石子。

⑦楚史《梼杌》

《孟子》曰：“王者之迹熄而《诗》亡，《诗》亡然后《春秋》作。晋之《乘》、楚之《梼杌》、鲁之《春秋》。”

孟子在这段话中提及春秋时期三个国家史书的名称：鲁国的史书为《春秋》，楚国的史书为《梼杌》，晋国的史书为《乘》。对《春秋》和《乘》的命名，历来无异议，唯独对楚之《梼杌》，则异见纷呈。《孟子注疏》解释说：“自楚国所记而言，则谓之梼杌，以其所载以记嚣凶之恶，故以因名为梼杌也。”把梼杌还是当凶兽解。

“梼杌”二字从木，一定还有与木有关的本义在。《说文解字》：“梼，断木也，从木，寿声”。而“杌”字，《说文解字》未收。但收有“兀”字，解为“下基也”。《汉语大字典》“杌”下有一个义项非常明晰：“砍树剩余的桩子”。

梼和杌放在一起，原始词义应该十分清晰。树桩的断面上有年轮，引申为历史之义也理所当然。楚人屈原不把鲧当恶人看，所以也不会把梼杌当恶名，把楚国的国史取名《梼杌》就不奇怪了。

当然，北方把梼杌污名化，楚人也一定知道，或许偏偏看中是凶兽梼杌“不可驯化”的独立，这才是历史记录的中立性，不饰美，不隐恶。

/ 后记 /

神游

念远怀人

《搜神札记》能写出来，多亏了小树先生。

如今小树已变成了海带，画着他才华横溢的“老鼠什么都知道”。

小树十年前是《时尚先生》的编辑总监，主持“先生读本”，叫我开个专栏。第一年写的是系列的古代风尚人物，第二年无以为继，就说从人物改怪物吧。

子不语怪力乱神。孔子似乎只用了一句话就把中国的神异叙事给打断了。

孔子本是殷人的后裔，殷商人可是最善于与鬼神沟通的，他们好占卜，好祭祀，好饮酒……所以挖掘出的祭器和酒器，天下无双。“醺醺然”其实就是一种“神游”。所谓的“以酒为池，悬肉为林，使男女裸相逐其间，为长夜之饮……”是上古时代一种巫文化的狂欢仪式。

只是坚毅朴素的周民族战胜了浪漫不羁的商民族，商民族的孔子也说“吾从周”了……一种精致的仪式文化和生活想象（精美的商朝青铜器可以佐证，周朝不能比），被贬为“怪力乱神”，只在民间和人心里隐藏。

单看“怪”字，一半是“心”，一半是“圣”，还藏着些神圣的意味。虽然走下了神坛，古人对鬼神总有些敬意和猜度，所以像《山海经》，甚至唐时的志怪《酉阳杂俎》，有种离奇甚至放肆的想象力，赏怪如赏花，称得上是灵异的神秘学。但时代会把神秘一层层地剥下来。到了清代的蒲松龄，《聊斋志异》看似光怪陆离，但背后穿插着的都是凡尘情事、世道人心。这时“怪”里的“圣”好像退隐了，但心还是在的。

进入启蒙年代，第一要紧的事是“祛魅”。神或怪，都被归入蒙与昧，要被“启”和“祛”的。人们相信，世上的牛鬼蛇神已经扫清，只有开明的科学。

有个叫本雅明的人好像很不开心，他回望了很久，认为时代艺术丢失了一种叫“灵晕”的东西。用汉字更容易讲清这个道理，祛了魅，魅力也就没了。怪走了，心还神圣吗？

不夸张地说，神话想象是艺术的源头，是想象力的具象、未知世界的具象、好奇心的具象、恐惧或恍然的具象……怪力乱神作为不正统的、代表世界未知与无常的一方势力，好像与正统（如儒家，如理性）文化对峙，但是，如果没有了恐惧感（或敬畏感），没有了敌人，没有了好奇心，文明或许也就到头了。

但我这组专栏随笔，每篇不过千余字的体量，可当不起为诗意或神秘招魂。那时为了有趣，故作摇曳，东拉西扯，随性会通，难免显得“轻薄”。幸得朋友黄一琨先生推动催促，得以结集。为了扩充体量，我给每篇加了注释和配图。我的注释依旧是随笔，是正文“东拉西扯”趣味的延长，可谓是札记的杂记。

插图画家郑小晔，本是我的旧同事。感谢他为我写的每篇怪物画了肖像，使附会的“博物学”札记，变身为绘本。博精两兼、一向严谨的老友刘铮（乔纳森），也被我扯来写序，帮我撑住“拼盘”的知识门面。

李商隐留下句诗：“可怜夜半虚前席，不问苍生问鬼神”（《贾生》），好似孤愤，焉知不是王顾左右的叙事策略？画神说怪这样的趣味，透出的还是人心。

图书在版编目（CIP）数据

搜神札记 / 念远怀人著. -- 北京：中国工人出版社, 2021.8
ISBN 978-7-5008-7704-2

Ⅰ. ①搜… Ⅱ. ①念… Ⅲ. ①随笔－作品集－中国－当代 Ⅳ. ①I267.1

中国版本图书馆CIP数据核字(2021)第153331号

本书中文简体版由北京行距文化传媒有限公司授权中国工人出版社在中国大陆地区（不包括香港、台湾、澳门地区）独家出版、发行。

搜神札记

出 版 人	王娇萍
责任编辑	宋　杨　严　春
责任印制	黄　丽
出版发行	中国工人出版社
地　　址	北京市东城区鼓楼外大街45号　邮编：100120
网　　址	http://www.wp-china.com
电　　话	（010）62005043（总编室）
	（010）62005039（印制管理中心）
	（010）62379038（社科文艺分社）
发行热线	（010）82029051　62383056
经　　销	各地书店
印　　刷	三河市东方印刷有限公司
开　　本	710毫米×1000毫米　1/16
印　　张	14.5
字　　数	180千字
版　　次	2021年10月第1版　2021年10月第1次印刷
定　　价	88.00元

念远怀人，原名黄学祥，生于新疆，长于广州。

美术科班出身，做过设计，后来进入媒体业，以编辑文字为生。陆续参与了《南方都市报》《新快报》《私家地理》等一线刊物杂志的创办。

从编辑到主编再到自由职业者的生涯里，文字写作一直没有中断，写过不少评论、专栏和采访专题……爱好广泛，在行文中放进了不少爱好（历史、神话、哲学）的“私货”。

著有神话小说《我的神啊》系列。

著有历史传奇小说《三十六骑》，得到马伯庸等业内作家的激赏评价，该作品现已进入影视筹拍阶段。

责任编辑：宋杨 严春
装帧设计：水石文化
插图创作：郑小哗